QU'IMPORTE LE TEMPS

Marie FARFIERI

Qu'importe le temps

Éditions Baudelaire

Envois de manuscrits :
Éditions Baudelaire – 27, place Bellecour – 69002 Lyon

Qu'importe le temps,
Qu'emporte le vent,
Mieux vaut ton absence,
Que ton indifférence.

Serge Gainsbourg

11 AOÛT 1993

Nous sommes la première voiture derrière le corbillard. Mon beau-frère François conduit sa 405 grise. Ma sœur Nathalie est à côté. Je suis à l'arrière avec mon père. Il me traverse l'esprit que ça doit bien être la première fois que mon père et moi sommes assis tous les deux à l'arrière du même véhicule. Ma mère est morte. J'ai dix-neuf ans et ma mère est morte. C'est très difficile de dire ce que l'on ressent… et d'ailleurs personne ne me le demande. Une tristesse immense comme ne peuvent comprendre que ceux qui perdent leur mère je suppose. Je croyais m'y être préparée, j'y avais pensé, depuis des mois. Mais la réalité, ce n'est pas la pensée… rien à voir, on est loin du compte. Je suis trop jeune pour perdre ma mère. Je ne suis même pas une adulte encore. Je suis étudiante, ma mère me prépare des conserves que j'emmène pour ma semaine ; quand je reviens le week-end c'est elle qui s'occupe de mon linge, c'est elle qui me dit quel médicament prendre pour ceci ou pour cela, c'est elle qui rajoute de l'argent sur mon compte quand j'ai un peu trop dépensé, c'est elle qui me dit « Prends une veste tu vas attraper froid », c'est elle qui voit juste à ma tête si ça va ou pas, c'est elle qui m'appelle toujours ma chérie ou mon trésor même à dix-neuf ans. C'est elle qui s'inquiète souvent sans rien dire, c'est elle qui aime bien m'acheter LA fringue dont je meurs d'envie parce que ça lui fait plaisir de me faire plaisir. Elle est la définition même de l'amour inconditionnel d'une mère pour sa fille. Vous voyez, je ne suis pas encore grande… et pourtant ma mère est morte, c'est injuste, j'en veux au monde entier mais je ne peux que subir. Quand ce cancer lui a été diagnostiqué, il y a moins d'un an, du haut de mon inconscience et de mon insouciance je n'ai pas vraiment réalisé. Maman, elle a toujours un pet de travers comme dit mon père, alors elle va s'en sortir. En plus, je n'étais pas à la maison la semaine alors je n'ai pas trop vécu les rendez-vous chez le médecin, les spécialistes, les pneumologues, les infirmiers. Elle voulait me protéger je pense et ne s'étalait pas sur le sujet avec moi. Un cancer des poumons sans avoir jamais fumé ça devait forcément se guérir. Ça ne m'a pas empêchée de continuer à faire les soirées étudiantes les jeudis soir, de boire des bières en terrasse, de me coucher trop tard; je suis peut-être même un peu plus sortie, j'ai peut-être même bu un peu plus de bière et taxé plus de cigarettes à mes deux potes, Damien et Tony. Mais je l'ai vue décliner, se dégrader, j'ai vu ses vêtements devenir trop grands et ses cheveux tomber. J'ai espéré, prié, mais ça n'a pas évité l'inéluctable.

Et aujourd'hui 11 août 1993 à quinze heures, je descends de la voiture, garée près de l'église de St-Germain de Vibrac, chez moi, chez nous. Je pleure. Une masse de gens est agglutinée sur le parking de l'église. Je connais un bon nombre d'entre eux, il y a aussi des têtes qui ne me disent rien, peut-être est-ce juste que je ne les reconnais pas. Il y a beaucoup de monde, plus que je ne l'avais pensé. Des retardataires arrivent, pressant leurs pas, l'air contrarié d'être arrivés après nous. Je suis dans une torpeur, un brouillard, trois nuits que je dors très peu. Je me dirige vers mes amis réunis. Je les embrasse, je suis touchée que certains soient là, je me demande comment ils ont fait pour rater une journée dans leur saison ou pour avoir eu le courage de venir d'aussi loin. J'ai presque envie de m'excuser pour le dérangement. Toute la famille est là aussi. Du côté de ma mère ils sont peu nombreux. Un neveu de ma mère, un petit cousin et sa femme, c'est tout ce qui reste. Du côté de mon père elle est plus grande. Mes tantes s'avancent pour m'embrasser, je sais qu'elles sont sincèrement tristes pour moi. Nous attendons devant la porte de l'église, en silence. Je cherche des yeux un papillon blanc. Parce que ce matin il s'est passé quelque chose de très étrange. Après avoir pris ma douche, au moment de mettre ma chemise de nuit sous mon oreiller, un papillon blanc était posé dessus, immobile, délicat, magnifique. Je suis restée figée, pensant instantanément que c'était ma mère. Pourquoi ? Parce qu'elle adorait les papillons blancs. Elle s'extasiait comme une enfant dès qu'elle en voyait un, me demandant toujours de le regarder aussi. C'était comme une évidence, comme si elle envoyait à mon cerveau que c'était elle. Mais à cet instant, aucun papillon blanc ne virevolte autour de moi.

Arrive le moment où il faut entrer dans l'église. Aujourd'hui je ne vois pas la beauté de ce monument auquel je trouve d'habitude un charme énorme avec ses deux grands ifs, juste devant l'entrée, qui semblent se rejoindre en hauteur comme pour souhaiter la bienvenue. Avec son petit auvent, sa porte en arrondi et sa nef aux fresques colorées, du bleu, du jaune, du rose, cette église est une des plus chaleureuse que je connaisse. Aujourd'hui je ne vois pas les couleurs. Nous avançons dans l'allée, quelques personnes âgées sont déjà installées sur les bancs en bois. Je pleure sans pouvoir m'arrêter. Le cercueil est là, devant nous et j'essaie de me focaliser sur les couronnes de fleurs posées dessus pour ne pas penser à ce qu'il y a à l'intérieur.

Nous avons eu du mal avec ma sœur à choisir la tenue de ma mère. Nous avons finalement opté pour un chemisier écru, avec le col brodé de fleurs, tout ce qu'elle affectionnait. Et un tailleur vieux rose, couleur qu'elle adorait. Notre père nous a laissé choisir, disant qu'on saurait mieux que lui. Pendant que l'on progresse lentement dans l'allée menant à l'autel je repense que la dernière fois que j'ai marché sur ces vieilles dalles, c'était pour suivre le cercueil de mon grand-père paternel, deux ans plus tôt. C'était dur bien sûr mais c'est l'ordre des choses. Et ma mère était là, pour essayer de me consoler. Qu'est-ce que j'aimerais sentir son bras sur le mien, sentir son parfum, entendre sa voix. J'entends des bribes, le curé nous demande de nous asseoir, de nous lever, il lit un psaume, une voisine lit les textes que nous avons choisis. J'entends mais je n'écoute pas. Je ne sais pas pourquoi, d'un coup mon esprit me ramène en Espagne, en voyage scolaire, j'avais quatorze ans. L'homme qui nous hébergeait avec sa femme me demande un soir « Entiendes? Entiendes? » et je lui réponds « si, entiendo pero no comprendo ». La crise de rire avec Caroline, ma meilleure amie qui m'accompagnait, quand on a compris que ça voulait dire la même chose en espagnol ! Je me reprends, essaie de me forcer à écouter Gisèle, une des deux petites dames qui nous ont aidées à préparer la messe. Gisèle nous a reçus chez elle, la veille, pour que nous choisissions les textes et les chants. Mon père a passé le temps en discutant avec son mari pendant que ma sœur et moi lisions des psaumes et des évangiles, nous demandant lesquels correspondaient le mieux à notre mère. L'intérieur de sa maison m'a fait penser au nôtre, de la tapisserie à fleurs aux murs, un carrelage des années 80, des placards en formica, blancs chez Gisèle alors qu'ils étaient jaunes chez nous, un napperon au milieu de la table avec un vase sans fleurs, attendant un dimanche où des invités viendraient avec un bouquet. Un canevas au mur, sans doute fait par la grand-mère, un cheval dans un grand pré vert. Chez nous, le canevas fait par mamie et représentant une nature morte avait terminé dans le grenier. La maison était propre comme un sou neuf et l'odeur du repas du midi persistait un peu, à vue de nez ils avaient dû manger un bon pot-au-feu… Eux aussi devaient manger de la soupe même en été. Mon estomac me rappela qu'il avait faim. Je n'avais rien pu avaler au repas.

« *Aux yeux des hommes, ils subissaient un châtiment mais, par leur espérance, ils avaient déjà l'immortalité. Ce qu'ils ont eu à souffrir était peu de chose auprès du bonheur dont ils seront comblés, car Dieu les a mis à l'épreuve et les a reconnus dignes de lui.* »

C'est moi qui avais choisi ce texte des lectures bibliques, juste parce que j'avais lu « immortalité ». Les voix de Gisèle et du prêtre étaient apaisantes. Soporifiques, mais apaisantes. Mais elles n'apaisaient pas ma tristesse et je pleurais sans discontinuer. Quand j'étais petite, dès que mon père me disait « chut », il paraît que je me mettais à pleurer. Il semblerait que je suis la sensible de la famille, celle qui pleure très vite, pour pas grand-chose selon les autres. Un jour, une de mes tantes regardait une photo de moi et dit

— Mais on dirait que tu pleures, c'est quoi cette tête ?

Le pire c'est que je ne pleurais pas… mais voilà, même quand je ne suis pas triste j'ai apparemment un air triste… et il est vrai que je me sens souvent triste sans vraiment savoir pourquoi. Je saurai pourquoi dorénavant. Dans les scènes de film, quand il y a un enterrement, les proches sont toujours dignes, ne pleurent pas à grands sanglots, ont à peine les yeux larmoyants. J'ai toujours pensé que ce ne serait pas possible pour moi. Et j'avais raison, ce n'est pas possible pour moi. Mon père y arrive lui. Ma sœur aussi. Elle s'arrête parfois de pleurer, ne fait pas de bruit. Moi j'ai la sensation que mes reniflements s'entendent dans toute l'église. J'ai pris trois mouchoirs en tissu, les trois sont déjà trempés.

Arrive le moment fatidique de l'éloge funèbre. J'aurais vraiment voulu le lire mais je savais que je n'en serais pas capable, que mes sanglots m'empêcheraient d'en faire une lecture supportable à entendre pour les autres. Pourtant, je savais qu'il n'y avait que moi qui pourrais lui rendre un hommage digne de ce nom et que je regretterais de ne pas l'avoir fait. Mais je n'ai pas eu la force. Il fallait que j'assume mon choix de ne pas avoir eu le courage. Nous l'avions écrit ma sœur et moi, ensemble, c'était déjà ça.

« Jeanne Gendrillon épouse Rocher, tu es née le 23 juillet 1939. Tu disais te souvenir du bruit des avions de guerre passant au-dessus de ta maison, ici à St-Germain de Vibrac. Tu étais la petite retardataire d'une famille de trois enfants. Malheureusement, ta maman est décédée alors que tu n'avais que 11 ans, bien sûr, tu as été marquée à jamais par cette disparition. La vie n'a pas été rose pour toi à partir de ce moment-là, te retrouvant seule avec ton papa qui travaillait

beaucoup. À 14 ans, tu es partie travailler dans une ferme assez loin de chez toi et le travail pénible que l'on t'imposa mit à mal ta santé. Il fallut arrêter. Tu trouvas ensuite un autre travail te plaisant plus, t'occuper de trois enfants à Jonzac, ta patronne tenant une chapellerie, il lui fallait quelqu'un pour s'occuper des enfants, du ménage, des repas, etc. Tu y restas longtemps, créant des liens forts avec cette famille. Tu aimais aider à la chapellerie, où tu retournas régulièrement travailler tout au long de ta vie. Tu as épousé Pierre en 1963, toujours à St-Germain de Vibrac où vous vous êtes installés et avez vaillamment travaillé à la ferme, agrandissant petit à petit la propriété. Deux filles sont nées de votre union, Nathalie en 1965 et Edwige en 1974.

Tes filles étaient ta fierté et nous tous, nous souviendrons d'une femme courageuse, aimant rendre service et toujours de bonne rencontre. Repose en paix Jeanne, nous ne t'oublierons pas. »

Gisèle retourne s'asseoir. « C'est tout ? » me dis-je ? Une vie réduite à une minute ? La vie de MA mère réduite à une minute ? Quand ma sœur et moi avons rédigé ce texte la veille avec Gisèle j'avais eu l'impression de bien résumer sa vie, nous y avions passé du temps. Mais finalement, aucun mot sur le concret. Aucun mot concernant les vaches que tu trayais, tes pas rapides dans la cuisine pour préparer les repas laver les casseroles mettre le couvert surveiller la cuisson du lait touiller la bouillie répondre au téléphone passer le téléphone à papa qui débauchait juste parce que chez les agriculteurs on appelle que le soir, pas un mot sur les heures dans les vignes par tous les temps, tes quatre épaisseurs de vêtements l'hiver, tes chapeaux de paille l'été, pas un mot sur tes déceptions lorsque le prix du lait baissait, lorsque l'eau de vie ne se vendait pas au prix prévu, lorsque tu n'avais pas assez d'argent pour acheter les vêtements que tu aurais voulu pour tes filles, pas un mot sur ces repas d'engueulades ou sur ces repas de silence. Pas un mot sur le vrai, la vie, ta vie. Mais c'est ainsi, les éloges funèbres ne peuvent qu'être superficielles, imaginez un éloge funèbre disant « Elle a été dépressive de nombreuses années ». Comment écrit-on les éloges funèbres des voleurs, des violeurs, des escrocs ? « Condamné à vingt ans de prison pour le viol de trois fillettes, tu nous manqueras malgré tout… ? » Non, on garde le meilleur, on se focalise sur les qualités. À quoi bon remuer la merde une fois qu'on est mort.

L'étape du cimetière est une torture. Ce moment où tout se finit. J'ai envie de dire qu'au moins, tout le long de l'enterrement on est focalisé sur elle. Mais au moment de partir, je n'ai pas envie que tout se termine. La majorité des gens vont reprendre leur vie, leur quotidien. La mort est difficile surtout quand l'absence change votre quotidien. Les gens vont rentrer chez eux, vaquer à leurs occupations habituelles, les hommes vont se demander ce qu'ils peuvent bien entreprendre à dix-sept heures passées, les femmes vont aller faire leurs courses, commencer à se demander ce qu'elles vont préparer pour le repas du soir. On ne peut pas leur en vouloir. Tout le monde est un peu gêné, personne n'ose me dire « La vie continue Edwige, tu es jeune, tu as la vie devant toi, il faut tenir le coup ». Je le sens dans leur regard mais devant ma détresse, ils viennent tour à tour m'enlacer, m'embrasser, me serrer la main, me poser la main sur l'épaule, passer un mouchoir sur mes joues pour essuyer mes pleurs… avec un regard plein de compassion, mais n'osent rien me dire. Ils parlent à ma sœur, est-ce parce qu'elle est plus vieille que moi ou parce qu'elle parvient à contenir ses larmes plus que moi, je ne sais pas. Même mes amis proches osent à peine me parler. Caroline s'approche, me fait un bisou rapide sur la joue, me serre le bras, me dit « On se voit bientôt » et s'en va. Les gens partent petit à petit. Mon père demande à ceux qui restent s'ils veulent avancer boire un verre à la maison. Ma sœur m'attrape le bras, m'obligeant à avancer, me disant qu'il fallait qu'on aille sortir les verres et des petits gâteaux pour les personnes qui viendraient jusqu'à la maison. Comme si j'avais envie de ça ? D'habitude quand on sort les verres et les gâteaux c'est qu'on a quelque chose à fêter.

Nous remontons malgré tout à pied jusqu'à la maison, à environ cinq cents mètres du cimetière.

Ma sœur et moi sortons les verres avec les grappes de raisin gravées, ils sont jolis ceux-là et surtout, ce sont les derniers achetés. Je sors un paquet de Palmito, maman en avait toujours d'avance. Par chance, il y a aussi des Pépito et un paquet de Chamonix à l'orange. Ma tante Micheline entre la première par la porte de la cuisine que nous avons ouverte. Tatie Mimiche c'est une des sœurs de papa. Il en a quatre. J'adore mes tantes et mes oncles. J'adore les repas où elles sont toutes présentes et qu'après quelques verres de vin elles se mettent à raconter des souvenirs, des anecdotes et se mettent à rigoler : leur rire est tellement communicatif que même si vous n'avez pas suivi leur conversation vous riez aussi.

— Qu'est-ce que je peux faire pour aider ? demande-t-elle.

Nathalie lui indique qu'elle peut remplir le pichet d'eau. Mon père, revenu du cimetière avec François, est parti dans le cellier voir si on a une bouteille de cidre qui traîne par-là… en espérant qu'elle ne soit pas « petée », c'est-à-dire trop vieille pour être bue. C'était souvent le cas chez nous : il fallait garder, avoir d'avance au cas où… et « et le cas où » ne venant jamais, c'était assez fréquent que des aliments mangeables ou buvables étaient périmés et finissaient par conséquent à la poubelle. Ce qui mettait ma mère en colère, en colère d'avoir acheté pour rien, en colère de jeter, en colère sans doute d'avoir des réflexes d'un ancien temps où on ne pouvait pas se permettre de gaspiller, ayant le sentiment sans doute de bafouer ce qu'on lui avait inculqué.

Ma tante Claudine s'approche :

— Tu sais ma chérie, si tu as besoin, je suis pas loin, tu hésites pas à me demander, hein ma chérie ?

Je réponds un « Merci Tatie » avec un sourire. On ne demande pas grand-chose dans la famille, on aime se voir, se retrouver mais on ne demande pas de services. Mon père déteste demander. C'était d'ailleurs parfois un sujet d'engueulade avec ma mère :

— Mais pourquoi tu demandes pas à René de venir t'aider, tu y as bien été toi, lui donner la main pour brasser ses bois de charpente.

— Boh, tu zou sais qu'j'aime pas d'mander la main, j'aime pas emmerder les autres.

Ma mère insistait, inquiète du fait qu'il prenait des risques à faire des choses seul quand il aurait fallu être deux. Cela finissait toujours par le même refrain :

— « Au diable thié les fumelles, è zy connaissant reun ».

Finalement le cidre a encore des bulles, mes oncles et tantes en boivent un fond, mes cousins et cousines prennent du jus de fruits, on avale quelques gâteaux, les Pépito se mangent tous. Tout le monde part, quasiment en même temps, jetant la maison dans le silence. J'erre dans la cuisine, dans le petit salon attenant semblant dater de 1950, laissant à ma sœur les verres à mettre au lave-vaisselle.

Je monte le bel escalier de bois exotique qui dénote avec le reste de la maison, entre dans la petite salle d'eau qui ne sert qu'à moi depuis que ma sœur est partie vivre avec son mari. Il y en a une autre au rez-de-chaussée. Je regarde mon visage, bouffi et rougi par les pleurs. Mes cheveux châtain clair semblent sales alors que je les ai lavés ce matin. Mes yeux marron semblent deux fois plus petits. D'ordinaire le miroir me renvoie une image que j'aime à peu près, m'accommodant de mon nez un peu trop long et de mes taches de rousseur. Mais à cette minute-là, mon physique ne m'importe pas. Je traverse le couloir, entre dans ma chambre, observe la tapisserie que maman m'avait choisie pour mes douze ans, observe la chambre pont qu'elle avait aussi choisie. Il fait encore jour mais je m'effondre sur mon lit en pleurant et m'endors sans m'en rendre compte. Je n'entends pas ma sœur et mon beau-frère monter dans leur voiture pour rentrer chez eux, à quelques kilomètres. Je n'entends pas ma sœur demander à mon père s'il allait s'en sortir pour faire un semblant de repas. Je n'entends pas ma sœur dire à mon père qu'elle se demande comment je vais remonter la pente.

10-15 OCTOBRE 1993

Déjà deux mois de passés depuis la mort de maman. Oui, la vie continue. Je n'ai pas terminé ma saison cet été dans la grande surface où j'avais été employée en tant que caissière. Cela avait dû les mettre dans la panade mais mon père, voyant l'état dans lequel j'étais, ne m'avait pas forcée à y retourner. Ma sœur était allée voir le directeur pour lui expliquer la situation. Elle m'avait emmenée chez notre médecin de famille pour qu'il me fasse un arrêt de travail courant jusqu'à la fin de ma saison. J'avais erré toute la fin de l'été, ne sachant pas quoi faire de ma peau. J'avais surtout tenu le rôle que tenait ma mère à la maison, préparant les repas, ratant des recettes pour lesquelles elle, elle excellait. Tant pis, le principal était de se nourrir. Je découvris tous les programmes de la machine à laver, jetai des denrées périmées, fis du ménage, les courses. Août et septembre passèrent ainsi, en attendant la rentrée.

La rentrée universitaire est tard cette année, le 11 octobre. J'entre en deuxième année de DEUG en Langues et Civilisations Étrangères, avec pour langue principale l'anglais, à l'université de Poitiers. La première année s'est plutôt bien déroulée, j'ai obtenu tous les modules et je pouvais donc commencer sereinement ma deuxième année. Je vais retrouver mon studio, rue de la Regratterie, que mes parents m'ont loué et que j'occupais déjà l'année dernière. Il valait mieux le garder même l'été pour ne pas avoir à recommencer toutes les démarches. C'était déjà un exploit que mon père se soit déplacé une fois pour venir me trouver un logement… on n'allait pas faire ça tous les ans ! Ma mère avait voulu que j'emménage dans celui-ci car elle me savait en sécurité dans ce petit immeuble du centre-ville. Au rez-de-chaussée il y a le bureau d'un avocat, mon studio est au premier étage. Au-dessus il y en a un autre, similaire au mien. Mais j'entends rarement des pas, parfois les lundis soir, puis plus rien. Je me demande bien qui peut se permettre de payer un loyer et être aussi peu présent. Je ne savais pas si papa allait continuer à me faire des virements comme maman faisait, s'il allait regarder de plus près mes dépenses… Il était allé à la banque, avait constaté que le loyer de mon studio d'un montant de 460 francs était viré automatiquement tous les mois et que ma mère me faisait virer 540 francs. Je coûtais donc 1 000 francs par mois. Il m'avait bien fait comprendre que je ne devrais jamais dépasser ce montant… fini le temps où je téléphonais à ma mère vers le 20 du mois lui demandant de me rajouter 150 francs, arguant que j'avais eu des livres supplémentaires à acheter… alors que c'était plutôt les bières au Pilori et les soirées-concerts au Confort Moderne qui me faisaient descendre mon compte en banque en flèche.

Je remonte de la gare en traînant mon grand sac de voyage avec mes affaires pour la semaine. Il est lourd car en plus de mes vêtements j'ai mon gros radiocassette que j'avais ramené à St-Germain pour l'été. Il est environ 20 heures, il fait déjà nuit. J'arrive enfin dans ma rue, essoufflée car la côte est longue, tape les quatre chiffres de mon digicode, monte péniblement les escaliers et entre dans mon petit chez moi. Je ne suis pas revenue depuis fin juin mais rien n'a bougé. À l'entrée à droite, un évier, deux plaques électriques, un grand placard en face, puis une pièce avec une étagère bibliothèque, mon bureau, une grande fenêtre qui m'apporte beaucoup de lumière malgré les immeubles de ville en face, mon lit une place et une petite salle d'eau avec le lavabo, les toilettes et une baignoire sabot. Je suis une privilégiée j'ai une baignoire dans mon studio ! La tapisserie est dans les tons de beige et il y a de la moquette grenat partout, même dans la salle d'eau. J'aime bien mon petit chez moi. Je rebranche mon frigidaire, fais mon lit, branche ma cafetière, mets de l'eau à chauffer sur ma plaque électrique pour me faire cuire des pâtes avec un reste de rôti que j'ai ramené. Une fois mon repas avalé, j'appelle mon père pour lui dire que je suis bien arrivée. Ma mère m'avait fait installer un téléphone fixe. J'ai un beau téléphone grenat à touches, plus moderne que celui qu'on a à St-Germain, toujours le cadran à tourner ! Je n'ai pas de télé, j'étais là pour étudier donc la question avait été vide éludée quand j'avais tenté d'aborder le sujet ! Je rebranche donc mon radio cassette, celui que j'avais eu pour mes treize ans, cherche la station NRJ. « Zombie » des Cranberries commence juste. On a beau l'entendre en boucle, j'adore ! J'ai juste ramené la cassette du groupe Téléphone, Rappels, sur laquelle Jean-Louis Aubert et ses acolytes chantent Un Autre Monde, Cendrillon et Le Jour s'est Levé, que j'adore aussi. De toute façon j'ai peu de cassettes. J'ai surtout des cassettes vierges sur lesquelles j'avais enregistré mes chansons préférées, le doigt posé sur Rec, attendant que le présentateur radio arrête de parler et en espérant qu'il ne déborde pas trop sur l'intro de la chanson ! J'aimerais bien avoir un lecteur CD, mais bon… si maman avait été là j'aurais pu espérer pour Noël prochain, mais avec Papa, j'ai peu d'espoir. Je tenterai quand même. Il est 21 heures passées, je décide d'appeler Damien, pour savoir s'il est bien arrivé. Damien et Tony sont mes deux super potes d'étude. Franchement, je n'avais jamais eu des copains comme ça avant. On s'est super vite entendus. Je m'étais un peu sentie perdue au début de l'année dernière, aucune de mes copines ne s'était inscrite à Poitiers. Tout le monde allait à Bordeaux. Moi je n'avais pas voulu y aller. Cette ville me faisait peur, trop grande, trop de monde, trop de bruit. J'avais préféré Poitiers, ville estudiantine et je m'y étais vite sentie bien. Finalement, j'étais tombée sur deux filles de mon ancien lycée de Jonzac et même si nous n'étions pas proches avant, le fait de nous retrouver toutes les trois dans une nouvelle ville loin de chez nous nous avait rapprochées. Malheureusement nous n'étions pas dans le même groupe, n'avions donc pas le même emploi du temps. J'avais donc commencé ma vie universitaire sans connaître une seule tête dans ma classe. Dès le second cours, Damien s'était installé à côté de moi dans l'amphithéâtre et Tony s'était installé de l'autre côté. Ils ne se connaissaient pas non plus mais on a vite sympathisé tous les trois et nous ne nous sommes pas quittés de l'année. Est venue se greffer une fille, Manuela, qui avec son côté rockeuse dénote un peu. Mais on s'en fiche. Elle nous fait écouter du Hard, du Métal, elle écoute Pantera, Sepultura, Body Count, des groupes dont je n'avais jamais entendu parler auparavant. Elle a une vie tellement différente de la nôtre : elle a un mec à Paris, y va tous les week-ends, va voir des concerts de hard, monte à cheval dès qu'elle peut, d'ailleurs ses parents ont un haras. Elle a un caractère bien trempé, elle est aussi sûre d'elle que je suis timide. Elle m'impressionne, m'engueule quand elle veut qu'on aille manger au MacDo et que je lui dis : « Mais j'ai pas de monnaie ».

« Putain, mais je vais te le dire combien de fois que tu peux payer avec ta carte ! ». D'où je viens, on n'a pas l'habitude de payer six francs cinquante avec la carte bleue ! On passe les soirées chez moi, ou chez elle dans son appart en bas de la Grand-Rue, ou chez Damien, rue de la Tranchée, mais il faut marcher plus longtemps. On ne va pas chez Tony qui habite loin du centre-ville et qui est en résidence universitaire vers le Pont Neuf.

Damien est bien arrivé mais on décide de ne se voir que le lendemain en cours. On ne peut pas joindre Tony de toute façon, il n'a pas de téléphone dans sa chambre, quand il veut nous joindre il appelle d'une cabine téléphonique.

J'ai mis mon radio-réveil à sonner pour six heures quarante-cinq, il me faut environ trois quarts d'heure pour me préparer et je veux arriver à la fac avant huit heures. Sept heures trente, me voilà donc dans la rue, me dirigeant vers la Place d'Armes pour prendre un bus qui m'emmènera sur le campus. J'ai mon Levis bleu (de toute façon je n'ai qu'un seul Levis vu le prix), un tee-shirt noir à manches longues et ma veste fétiche du moment, veste de costume d'homme, vert bouteille. J'adore cette tenue, je me sens à la mode, sûre de moi habillée comme ça, comme si une tenue suffisait à masquer le manque de confiance. Je monte dans un bus accordéon, ce que je n'avais jamais vu en vrai avant de venir à Poitiers. Une centaine d'étudiants se tient déjà dans le hall, tout le monde essaie de trouver sa classe sur les affichages accrochés dans le large couloir. Je cherche les garçons des yeux et finis enfin par repérer Tony qui s'extirpe péniblement d'un groupe, après avoir trouvé les informations qu'il lui fallait.

— Eh salut, ça va ?

On se tape la bise, heureux de se retrouver.

— Ouais impec, et toi ? T'as réussi à voir dans quelle classe t'es ? On est ensemble ?

— Oui, on est tous les trois c'est cool, on change pas une équipe qui gagne ! On commence direct en amphi avec Perrin…

— Quoi ? Putain, phonétique, direct, comme ça dès l'embauche… trop dur… T'as vu Damien ?

— Non pas encore, boh sûrement en retard comme d'hab !

Tony n'est pas vraiment ce qu'on appelle un beau mec, mais avec ses boucles brunes et ses yeux verts, il a un sacré charme, malgré ses lunettes. Et puis il est grand et assez baraqué. Ce que j'ai le plus aimé chez lui d'entrée de jeu c'est son humour. Je ne connaissais pas ce genre d'humour auparavant. Chez moi on n'avait jamais vraiment rigolé… mon père ne rigolait pas tous les jours comme on dit. Heureusement qu'il y avait la télévision et Benny Hill pour qu'on entende son rire. Puis au collège, comme au lycée, on riait bien évidemment mais c'était de l'humour terre à terre, comme quand quelqu'un faisait tomber son plateau dans le self. Tony, lui, il avait cet humour aux dépens des autres mais toujours sans méchanceté. Et puis du tac au tac ! C'était comme exotique pour moi cet humour qui émanait de lui en quasi permanence, ces petits piques lancés l'air de rien, toujours pour faire rire les autres.

M. Perrin arrive, ouvre la porte de l'amphithéâtre, nous montons quelques marches pour aller presque tout en haut mais pas tout à fait parce qu'après il nous faut plus de temps pour sortir, tout une tactique ! M. Perrin sort ses affaires de son attaché-case, nous faisons de même, la porte s'est refermée. Quelqu'un frappe deux coups et ouvre aussitôt, Damien pointe sa tête, tout ébouriffé, suivi de Manuela. Tony se lève pour qu'ils nous voient. Ils grimpent les marches au pas de course et nous rejoignent. Ça y est, l'année commence !

M. Perrin nous remémore ce qu'est un « schwa ». Comme l'année dernière, il ouvre la bouche, actionne ses cordes vocales, nous explique que ce simple son qui sort est un « schwa », ce son qui n'en est finalement pas un et qui se note ainsi [ə].

— Mais il a pas honte de roter comme ça en cours lui ?

Bien évidemment on s'esclaffe, pourtant Tony avait déjà dû nous faire la même l'année dernière. M. Perrin fait quelques rappels sur les voyelles, les consonnes, les lettres qui les suivent, les diphtongues, les règles à apprendre avec bien entendu des tonnes d'exceptions !! Tout cela améliorait notre prononciation bien sûr et nous en étions conscients mais on n'allait quand même pas l'admettre ! En bons jeunes étudiants que nous étions, on était tous d'accords pour dire que c'était chiant !

— Tu crois qu'il se tape toujours la mère Deacon? chuchote Damien.

Mme Deacon était notre prof de littérature anglaise l'année passée et il se disait que M. Perrin et elle avaient une aventure…

— Au pieu il lui dit « dea con, tu crois pas que t'es conne ? »

Tony avait aussi dû nous la faire l'année dernière mais on s'esclaffe encore, forcément…

— Et vous là-haut à droite, si mon cours ne vous intéresse pas c'est votre affaire, mais n'empêchez pas ceux que ça intéresse d'écouter… hein, M. Ménard… ! Tony ne broncha pas. On était toujours impressionnés quand un prof, qui plus est, ne nous voyait qu'en amphithéâtre, se souvenait de notre nom… Nous avons noté le travail à faire pour le cours d'après et avons filé au cours suivant.

La semaine se déroula donc ainsi, au rythme des cours, des cafés pris à la cafétéria, des trajets de bus, des soirées au bar, ou au pub, ou à jouer au tarot dans mon petit studio jusqu'à pas d'heure… bref, la continuation de notre année précédente, la routine estudiantine quoi ! Manuela nous raconta son fantastique été, elle était allée voir les Guns N Roses en concert à Paris Bercy, trop génial, dommage que c'était pas les Suicidal Tendencies en première partie mais bon, Brian May c'était génial aussi… Axl Rose était super en forme c'était TROP TROP TOP… Elle s'était baladée sur Les Champs (Élysées bien évidemment), son chéri était ingénieur son maintenant, le reste du temps elle avait donné des cours d'équitation au haras de ses parents, à des gamins trop mal élevés… elle avait fait du cheval dans sa campagne près de Limoges. Poitiers c'était vraiment petit, le Mc Do est « minuscule » par rapport à celui des Champs, il n'y avait qu'à Paname qu'elle avait trouvé un coiffeur pouvant s'occuper de son extraordinaire tignasse longue et bouclée…

Damien, lui, avait fait une saison à la boulangerie de son oncle dans un petit village de Charentes près d'où il habitait, il s'était fait douze mille francs en deux mois il était super content. C'est pourquoi ce soir il était trop heureux de nous payer sa tournée en nous disant « Non mais là vraiment, vous prenez ce que vous voulez ! Prends un cocktail Edwige, t'en prends jamais alors que t'adores ça ». Tony demanda s'il pouvait prendre deux Picon bière d'un coup ! On termina avec un mètre de bière… puis un autre… ça allait piquer pour le réveil demain matin !

Nous avons suivi des cours d'histoire des États-Unis, de littérature américaine, de littérature anglaise, des cours d'espagnol, des cours en labo, des cours où une jeune anglaise nous faisait faire des sketchs (en anglais bien évidemment, le pire pour moi car je n'avais aucun talent de comédienne et je ne me sentais vraiment pas à l'aise pour faire la pitre devant les autres. Heureusement que nous étions en demi-groupe… mais c'était l'horreur quand même).

Nous avions déjà pas mal de devoirs, que je m'appliquais à faire du mieux possible, aidée par mon dictionnaire « Robert et Collins » qui devait peser au moins trois kilos. Le vendredi soir arriva, je rentrais en voiture avec Fabienne, une des deux filles qui était au lycée de Jonzac avec moi et qui pouvait me déposer près de chez moi. Sa Ford Escort était loin d'être neuve et j'avais toujours plus ou moins peur qu'on tombe en panne mais nous arrivons sans problème aux alentours des dix-neuf heures devant la boucherie de St-Ciers-Champagne où mon père m'attendait au volant de la BX grise. Cela me mit un coup au cœur que ce soit lui qui m'attende, cela n'était jamais arrivé l'année passée, c'était toujours maman qui m'emmenait et venait me chercher. Je compris que ce serait une déchirure à chaque retour, que ce sont ces petits changements de rien qui changeaient tout et qui raviveraient à chaque fois ma douleur, ma tristesse, comme une vague qui remonte et que rien ne peut arrêter. Quelle solution ? Ne plus revenir les week-ends ? En vérité je crois que ça ne dérangerait pas tant que ça mon père. Ma sœur s'inquiéterait un peu peut-être, au début, mais si je ne fais pas parler de moi ça ira… ne pas faire de vague, être discrète, ne pas se faire remarquer, ne pas faire d'histoires… c'est comme ça qu'on a été élevées toutes les deux… à un tel point d'ailleurs que j'ai parfois l'impression d'être transparente à force d'avoir dû me faire oublier. Et puis j'avais aussi mes amis d'enfance, d'adolescence, j'aimais bien les week-ends chez moi, nos lieux de fêtes, les bars, les boîtes de nuit. Qu'est-ce que je ferais le week-end à Poitiers ? Tout le monde rentrait chez soi. Je remerciai Fabienne, lui donnai dix francs pour le trajet, attrapai mon sac dans le coffre et rejoignis mon père.

15-16 OCTOBRE 1993

Arrivés à la maison, je descends ouvrir la grande porte coulissante du garage. Mon père entre la voiture et en descend tandis que je referme la porte. Il n'a pas été très loquace comme à son habitude. Juste un « Alors, ça a été cette rentrée ? Ton studio est toujours en état ? ». Mon père est en quelque sorte un mystère pour moi. Né dans une famille très modeste, il raconte souvent qu'il leur fallait dormir à cinq dans le même lit avec une seule couverture. Que les hivers étaient rudes avec juste une cuisinière à bois, la chaleur n'atteignant pas les chambres. Que pour Noël il n'avait qu'une orange. Qu'il faisait à pied tous les jours les deux kilomètres le séparant de l'école. C'est ma grand-mère qui m'avait raconté qu'il avait eu son certificat d'études avec la mention Très bien et qu'il lui suffisait de lire une poésie une seule fois pour la savoir par cœur. Mon père ne se vantait jamais de rien. Il ne se vantait jamais de sa culture générale qui pour un petit paysan était quand même assez impressionnante. Tous les jours, à 12 h 45, en mettant les pieds sous la table il allumait le transistor et tous les jours on écoutait le jeu des Mille francs sur France Inter. Mon père adorait apprendre des choses. Des choses qui ne lui servaient à rien dans sa vie de tous les jours et ce n'était même pas pour en mettre plein la vue aux autres non… je crois qu'il aimait bien juste savoir, juste pour lui, pour sa satisfaction personnelle. Alors tous les jours, d'aussi loin que je me souvienne, Lucien Jeunesse le présentateur et son « Chers amis bonjour ! » étaient toujours là au moment de la soupe. Puis on allumait la télévision pour suivre les informations. Que seul mon père écoutait en tournant le dos à la télévision. Ma mère, elle, était face à la télévision mais n'écoutait pas et ne regardait pas. Pourtant, il ne leur est jamais venu à l'esprit de changer de place. Lorsqu'on parlait d'un évènement à ma mère, elle haussait juste les épaules, disait qu'elle en avait marre de toutes ces « corneries », comme si les malheurs de cette terre ne l'intéressaient pas ou comme si elle avait assez de ses malheurs à elle à supporter et qu'elle n'allait pas en plus, s'encombrer le cerveau du malheur des autres, qui de surcroît, elle ne connaissait pas…

Mais nous sommes samedi et il n'y a pas le jeu des Mille francs pour combler le silence. Alors que mon père mange sa soupe, obligatoire midi et soir, il se racle la gorge :

— Ô va falloir ranger les affaires de ta mère tu sais, ptetre enlever des trucs, faudrait que tu voies avec ta sœur si ola des choses que vous voulez garder, j'en sais d'reun je préfère quo soit vous qui zou fassiez.

Je m'étais bien dit qu'à un moment donné il faudrait s'occuper de ça, mais finalement pourquoi ? Elles étaient très bien là où elles étaient les affaires de ma mère et elles ne dérangeaient personne. À ma connaissance, personne n'allait emménager à sa place et donc personne n'avait besoin de sa penderie. Je voudrais que tout reste tel quel, comme quand elle était là. Évidemment, dans chaque pièce il y a un quelque chose qui me fait penser à elle et cela dès en entrant dans la maison : dans le garage il y a toujours l'anorak qu'elle mettait pour aller travailler dehors, ses bottes en caoutchouc sont encore là, dans le vestiaire son écharpe rose est encore accrochée et ses manteaux aussi. Le salon en entier me fait penser à elle. Le living, qui d'ailleurs occupe beaucoup trop de place dans cette minuscule pièce, me fait penser à elle car c'est son père qui lui avait payé et elle y tenait comme à la prunelle de ses yeux. Dans la salle de bains j'avais rangé sa brosse à dents dans un placard mais je n'avais pas pu me résoudre à ranger son flacon de « Vanderbilt », parfum que je lui avais offert juste parce qu'il y a un cygne sur la bouteille et que ma mère adorait les cygnes. Et dans la cuisine n'en parlons pas, je ne vois qu'elle, maman en train de touiller une casserole de Joke, maman en train d'enlever la soupape de la cocotte-minute, maman en train de fredonner une chanson que je ne connais pas derrière son évier, maman en train de dire « miel miel miel » lorsque ça débordait et qu'elle arrivait trop tard pour soulever le couvercle. Elle évitait toujours de dire des gros mots. Elle disait « miel » pour ne pas dire « merde », « cornard » pour ne pas dire « connard »…

Il m'était impossible d'ôter les vêtements de son armoire, c'était hors de question, c'était au-dessus de mes forces. Je m'arme de courage pour le dire à mon père. Il n'insiste pas. Il me dit simplement :

— Vois dans le secrétaire quand même, o faut faire du tri dans les papiers, pour les vêtements je zou verrai avec ta sœur.

Le secrétaire, comme il disait, était comme une grande niche fermée, lorsque l'on abaissait la porte celle-ci pouvait servir de bureau. Quand j'étais gamine, j'adorais aller fouiner dedans. Mon père y gardait un vieux porte-monnaie avec des vieilles pièces de cinq francs en argent, un vieux portefeuille avec des photos de lui en militaire, tout au fond il y avait des paquets de lettres tenues par un élastique, ma mère m'avait dit que c'était toutes les lettres qu'ils s'étaient envoyées lorsque mon père était à l'armée puis en Algérie. Il y avait aussi tout ce que notait ma mère sur des petits calepins ; combien elle avait vendu de lait, combien ils avaient vendu les vaches et à quelle date, quand elle avait vacciné les lapins contre la myxomatose et quand elle devrait le refaire, des recettes de cuisine, le repas qu'elle avait fait pour la petite communion de ma sœur, les faire-part reçus depuis 1963, la notice de la cocotte-minute, sa boîte en métal dans laquelle elle gardait également quelques vieilles pièces dont certaines avaient un trou (que je n'avais pas le droit de prendre pour jouer à la marchande), des fèves, des épingles à nourrice, bref, un paradis de « fouinage » quand on est gosse.

Alors, après avoir débarrassé la table et passé l'éponge sur la toile cirée à fleurs de la table de la cuisine, j'attrape un sac-poubelle, traverse le salon et entre dans la chambre de mes parents. J'ouvre la porte du fameux secrétaire, tapissé comme toute la pièce. Je prends une chemise cartonnée dans laquelle je trouve des plans cadastraux : des plans de champs que mes parents avaient achetés en 1986 disait un papier à en-tête de notaire. Je ne sais pas si je peux jeter ou pas, ça commence bien ! Je mets de côté, me disant qu'il fallait bien que je demande à mon père avant. D'ailleurs je peux mettre de côté la chemise en entier puisqu'il n'y a que des documents dans le même genre. Je trouve ensuite une pile de factures tenues par un élastique, des vieux reçus de lait qui datent du temps où mes parents avaient des vaches. Je peux jeter. Et ainsi, pendant une heure, j'épluche des papiers divers, en mettant finalement une bonne partie de côté pour avoir l'aval de mon père avant de jeter définitivement. Tout au fond du secrétaire une chemise rouge reste. Dessus est écrit « divers », de l'écriture de ma mère. Ouf, j'arrive presque au bout ! Je m'attends donc à trouver encore des papiers « divers », comme des notices de montage de commode, des notices de cocotte-minute parties à la poubelle depuis longtemps, des factures de cantine datant de l'école primaire… mes parents ne jetaient rien… d'où le monticule de vieux documents. Lorsque j'ouvre, je ne comprends pas du premier coup d'œil ce que c'est. Une vieille feuille de papier à lettres, jaunie par le temps, avec un titre en haut « *Qu'importe le temps »,* puis un texte, comme un poème :

Le vent emportera
Mon amour déchiré
En p'tits bouts de papier
Mais de papier doré
Le vent emportera
Tout autour de la terre
Ces petits bouts de toi
Ces petits bouts de rêve

Mais qu'emporte le vent
Et qu'importe le temps
Puisqu'il gard'ra vivant
Ces restes vir'voltants
Mais qu'emporte le vent
Et qu'importe le temps
Car à mes confettis
Il laissera la vie

Le vent conservera
De son souffle puissant
Les restes de toi et moi
Au-dessus des volcans
Et quand il sera brise
Nous irons plus lentement
Frôlant la terre promise
Il y a bien longtemps

Mais qu'emporte le vent
Et qu'importe le temps
Puisqu'il gard'ra vivant
Ces restes vir'voltants
Mais qu'emporte le vent
Et qu'importe le temps
Puisqu'il conservera
Des bouts de toi et moi

Et au-dessus des terres
Et au-dessus des mers
Nous serons éternels
Dans le souffle du vent
Légers comme des plumes
Nous approch'rons d'la lune

Et nous f'rons demi-tour
La lune n'aime pas l'Amour

Refrain

St Germain, novembre 1983

Je ne bouge plus. C'est l'écriture de ma mère, je la reconnais bien. Mais mon esprit refuse d'associer ce texte à elle. D'accord, elle aimait bien parfois recopier des citations qui lui plaisaient, faire des vers de temps en temps pour les anniversaires d'amis, elle était assez forte pour trouver des rimes… Non, elle avait dû trouver ce texte quelque part et le recopier, il y a plein de chansons de son époque que je ne connais pas, c'est sans doute une chanson de Michèle Torr, ou de Mireille Mathieu, ou d'une chanteuse plus vieille encore…

Je retourne la feuille, il n'y a rien. Mes yeux dévient vers la chemise rouge. Au hasard je prends une autre page. Je lis « *J'irai valser* »

Mon cœur s'est emballé
Comme la musique du bal
Comme un accordéon
Qui donne envie d'danser

Mon cœur a soupiré
Pour ta peau pour tes yeux
Comme un accordéon
À la fin d'une chanson

Mon cœur a respiré
Et humé ton parfum
Ta voix m'a envoûtée
De quoi s'ra fait demain ?

Je voudrais valser, valser
Jusqu'à demain
J'irai valser, valser
Jusqu'au matin
Je voudrais voler, voler,
Sentir tes mains
Je voudrais voler, virevolter,
Jusqu'à la fin

Mon cœur a espéré
Que tout était possible
Mon cœur a oublié
Mon amour impossible

Mon cœur infortuné
Ton absence me fait mal
Tes deux bras m'ont lâchée
Tu es mon idéal

Mon cœur est déchiré
La vie a continué
La valse s'est arrêtée
Le bal est terminé

Je voudrais valser, valser
Jusqu'à demain
J'irai valser, valser
Jusqu'au matin
Je voudrais voler, voler
Sentir tes mains
Je voudrais voler, virevolter
Jusqu'à la fin...

St-Germain, 1962

C'est beau. Une autre chanson que je ne connais pas ? Pourtant, j'avais écouté quelques-uns de ses vieux 33 tours mais les paroles ne me disent rien non plus. Et puis elle avait noté S- Germain à la fin, pourquoi l'écrire si c'est seulement une chanson recopiée ? Peut-être mon père saurait me dire ? Mais une petite voix me dit de ne pas lui en parler… Ma mère avait-elle écrit des chansons d'amour pour lui ? Quelques phrases de ces textes me faisaient penser que ce n'était pas adressé à mon père… mais à qui ? Je n'imaginais pas ma mère avoir un amant. C'était tellement en décalage avec la personne que j'avais connue. Elle n'était pas très féminine, pas dans la séduction, je n'avais aucun souvenir de quoi que ce soit qui aurait pu me mettre la puce à l'oreille. J'attrape la chemise rouge, huit autres feuilles remplies de l'écriture de ma mère, des titres, des textes, des rimes, avec à la fin, toujours St-Germain et différentes années, 1963, 1965, 1968, 1978, 1983… Sur le verso des dates : 22 juillet était écrit en gros, puis d'autres dates, toutes entre 1962 et 1990. Ainsi que quelques lignes de rimes :

C'est l'histoire de nous deux
La chanson la plus belle
Celle qui nous ensorcelle
Une histoire à laquelle j'ai envie d'croire
Au premier regard
Mon cœur ne pouvait voir
Que son amour sa beauté ses yeux
C'est l'histoire de nous deux

Depuis quand ma mère était romantique ?

La sonnerie stridente du téléphone retentit et me tire de mes interrogations. Je me dirige vers l'entrée, qui n'a jamais servi d'entrée d'ailleurs, là où il y a le bureau de mon père. Je décroche. C'est Tony, qui veut une précision sur le dernier cours de littérature américaine.

— Dans ta dissert tu vas faire des comparaisons avec d'autres œuvres d'Edgar Poe ? T'en as lu d'autres toi ?

Je sais bien que Tony n'a pas besoin de mes conseils, il est bien meilleur que moi.

— Je ne l'ai pas encore commencée. Je voulais la faire cet aprèm mais mon père m'a demandé de ranger des trucs à ma mère.

Tony commence à me connaître, il a senti à ma voix que quelque chose clochait.

— Ah… ça ne doit pas être facile j'imagine, ça va pas ?

— Je sais pas, j'ai trouvé comme des poèmes, ou des chansons qu'elle aurait écrites, c'est bizarre, je ne sais pas quoi en penser… Je les avais jamais vues…

Tony me répond juste :

— Elle avait peut-être un jardin secret… tout le monde a des secrets.

— Je les amènerai lundi, tu me diras ce que tu en penses, bisous.

Je raccroche alors qu'il parle encore, mais je suis perturbée par ce qu'il vient de me dire. Un jardin secret ? Heu, non, pas tout le monde ! Je connaissais ma mère par cœur. Tout en me disant cela, je réalise que finalement, je ne savais que ce qu'elle avait bien voulu dire, que peut-être il y avait des éléments de sa vie dont je n'avais jamais eu connaissance. Qu'est-ce qu'on demande à nos parents en fait sur leur passé ? À vrai dire, on s'en tape un peu. On écoute d'une oreille distraite ce qu'ils nous racontent, ils nous rabâchent qu'on est bien plus gâtés qu'à leur époque, qu'ils allaient à l'école à vélo, qu'ils n'avaient pas de salle de bains et qu'ils se lavaient une fois par semaine, le dimanche avant d'aller à la messe, dans une bassine. Qu'ils ne mangeaient de la viande qu'une fois par semaine aussi et encore, chez mon père c'était pas toujours le cas. De ma mère, je savais qu'elle avait perdu sa mère à 11 ans, qu'ensuite l'unique femme de la maison qui était sa belle-sœur n'avait pas été sympa avec elle, qu'à 14 ans elle était partie travailler dans une ferme mais qu'elle n'y était pas restée très longtemps parce que c'était trop dur.

Que plus tard elle avait été employée chez les Rossi, propriétaires d'une chapellerie à Jonzac, pour s'occuper des trois enfants. Ma mère s'était beaucoup attachée à cette famille qui faisait partie de la nôtre depuis et aujourd'hui encore. Ma mère était la marraine du petit dernier, qui lui-même était mon parrain. La deuxième famille de ma mère en quelque sorte. Je savais que lorsque mon père était revenu de la guerre d'Algérie ils s'étaient mariés, en 1963, qu'elle s'était donc mise à travailler avec lui à l'exploitation. Que parfois elle allait donner un coup de main à la chapellerie et qu'elle adorait ça, bien s'habiller, aller travailler à la ville. Forcément ça la changeait des vignes, du tracteur, des vaches et des veaux, des engueulades de mon père parce qu'elle n'avançait jamais assez vite. Mais finalement, que savais-je de sa vie avant que j'aie des souvenirs ? Que savais-je de ses états d'âme ? Mon père était-il l'unique homme de sa vie ? Jamais je n'aurais osé lui poser la question. Elle m'avait parlé un jour d'un « Robert » qui l'invitait à danser au bal. Elle m'avait dit aussi qu'elle avait été très amoureuse de mon père, qu'elle l'avait été longtemps malgré les brimades, les engueulades, son machisme, mot qu'elle n'employait jamais, c'était tellement dans les mœurs. On ne parlait pas encore de féminisme, en tout cas pas chez nous ! Mais même si on n'utilisait pas le mot « machisme » on le ressentait bien à la maison, sans le nommer ! J'étais perdue dans mes pensées.

Lentement, je retourne près du secrétaire, ferme le sac-poubelle plein, le laisse dans la chambre au cas où mon père voudrait vérifier ce que j'ai jeté, prends la chemise rouge pour la monter dans ma chambre. Je n'ai pas prévu ma soirée. Comme tous les week-ends je vais sans doute sortir en boîte avec mes amis. Je n'ai pas encore appelé Caroline, je m'étais dit que je le ferais vers 17 heures. Mais je n'ai plus envie. Je pense à ma mère, à ce qu'elle a bien pu me cacher. Je lis les autres poèmes ou chansons qu'elle avait recopiés ou écrits. Ça pourrait faire des belles chansons d'amour, une était plus légère que les autres et parlait juste des femmes en général. Je repense à ce que ma mère m'avait dit deux semaines avant de partir :

« Tu vois ma chérie, quand la mort s'approche, on voit la vie comme un mirage, c'est passé tellement vite, tellement vite… et souviens-toi que quand elle approche, on n'a pas envie, mais pas du tout envie qu'elle arrive. Fais en sorte d'avoir la vie la plus longue que tu pourras, prends soin de toi et surtout écoute ton cœur. Je regrette tellement de ne pas avoir toujours écouté le mien. Mais ta sœur et toi êtes ce que j'ai eu de plus précieux, vous avez été le bonheur de ma vie. N'oublie jamais, le temps passe très vite, si vite, on ne fait pas toujours les bons choix mais… (elle avait soupiré en me regardant, les yeux remplis d'amour), il en résulte du bon quand même. »

12 mars 1962

En danseuse sur mon vieux vélo blanc, je m'efforce de monter cette satanée côte. Les muscles de mes cuisses me chauffent, et dire qu'il y en a une autre après celle-ci. Sept ans que je fais ce chemin toutes les semaines, les dix kilomètres qu'il y a entre la maison de mon enfance à St-Germain de Vibrac et mon lieu de travail. Mes muscles s'y sont faits mais ça chauffe quand même ! Je ne suis plus très loin maintenant. M. et Mme Rossi ne disent rien si j'ai cinq minutes de retard, ça dépend aussi des conditions météorologiques. Aujourd'hui j'ai de la chance, il ne pleut pas comme hier. Mais le mois de mars cette année est vraiment froid et il n'est qu'environ huit heures. J'ai mis du papier journal au niveau de ma poitrine, sous mon manteau, pour me protéger un peu plus de l'air mais ce n'est pas suffisant. Mes mains sont glacées malgré mes gants. Et mes jambes… surtout mes jambes… ma jupe beige ne me coupe pas du froid, et bien que je porte des collants, j'ai l'impression d'être jambes nues. Faut que je m'estime heureuse qu'il n'y ait que dix kilomètres qu'ils disent… Je prends de l'élan dans la descente, le poids de ma valise attachée avec des tendeurs sur le porte-bagage m'aide un peu mais m'handicape dans la montée. Allez, encore un petit effort, qu'elle est longue cette dernière côte. Le château d'eau, une dernière descente qui est la bienvenue et je passe le panneau « JONZAC ». Je continue tout droit, tourne à gauche Avenue Joffre, puis à droite la rue du Docteur Laporte, passe la place Fillaudeau et le château, j'emprunte la rue de la Porte de ville. Je reprends mon souffle en bas de la rue de Verdun, enlève mon bonnet, passe la main dans mes cheveux pour les remettre en ordre. Je descends de mon vélo pour monter jusqu'au numéro 11. Je frappe à la lourde porte en chêne peinte en vert. C'est Christian, l'aîné des trois enfants dont je m'occupe qui vient m'ouvrir.

— Jeanne ! Tu sais que papa m'a fabriqué un jeu de solitaire. Pour moi tout seul !

— Ah c'est bien mon Christian, il est gentil ton papa.

Je l'embrasse. Arrivent à moi Chantal et Alain, le petit dernier, qui viennent me saluer à leur tour. Alain me serre fort avec ses petits bras. Je fais monter difficilement les deux marches à mon vélo pour le poser dans l'étroit couloir où il restera jusqu'à dimanche matin. Nous sommes lundi, je dois arriver à temps pour accompagner les enfants à l'école. Je travaille du lundi matin au samedi soir, je suis logée, nourrie, blanchie (blanchie par moi-même d'ailleurs puisque c'est moi qui m'occupe du linge), pour 150 francs par mois. Je suis mieux ici que chez moi avec Claudette qui me traite comme la bonne de la maison. Claudette, c'est la femme de mon frère, Albert, qui a vingt ans de plus que moi. Il travaille à la scierie créée par notre père, ils se sont associés maintenant. J'ai vingt-deux ans, bientôt vingt-trois. Beaucoup de filles sont mariées à mon âge. Je serai bientôt comme les autres… L'année prochaine. Pierre va enfin revenir d'Algérie, nous pourrons enfin officialiser et vivre ensemble. J'ai hâte qu'il revienne. Heureusement, le courrier arrive assez facilement, la guerre touche à sa fin il paraît. Je reçois ses lettres régulièrement et il semble aller bien, c'est tout ce qui compte.

Après avoir rangé la vaisselle du dîner de la veille et m'être occupé du petit Alain, je monte ma valise dans la petite chambre mise à ma disposition par M. et Mme Rossi, au deuxième étage de l'étroite maison de ville. Alors que je suis dans le bel escalier tournant, Mme Rossi m'interpelle :

— Jeannou, je voulais vous dire que cet après-midi, vu que nous avons rendez-vous chez le spécialiste pour Alain, vous savez, rapport à ses problèmes d'oreilles, vous garderez le magasin.

— Heu, oui, bien sûr Suzanne, avec plaisir.

J'aime beaucoup remplacer Mme Rossi à la boutique. J'adore l'odeur qui y règne, l'odeur du feutre des bérets, l'odeur des grosses boîtes à chapeaux installées sur les étagères en bois, l'odeur des cartons entiers de casquettes que nous recevons. En été, l'odeur de la paille des chapeaux prédomine. La boutique n'est pas grande, environ trois mètres sur trois et Mme Rossi a une multitude de choix pour satisfaire au maximum ses clients, qui viennent parfois de loin pour trouver un chapeau. C'est la seule chapellerie pour hommes à cinquante kilomètres à la ronde. Au début, elle ne me demandait pas souvent de la remplacer. J'ai surtout été embauchée pour m'occuper des trois enfants et des tâches domestiques mais le temps passant et voyant qu'elle pouvait me faire confiance, elle m'avait sollicitée une première fois dans ma deuxième année de présence. Depuis, à chaque fois qu'elle a besoin de s'absenter pour une course ou quand elle veut juste se reposer un peu, je la remplace. C'est un vrai plaisir pour moi, ça me change des lessives, des repas et de la serpillière. Au début j'étais intimidée et je ne me sentais pas à l'aise lorsqu'une dame de bonne famille jonzacaise entrait. Quand la femme du notaire ou celle du vétérinaire poussait la porte de la boutique, j'essayais de faire bonne figure, de rester souriante malgré parfois leur côté hautain et désagréable. On savait de suite qu'on avait affaire à des notables. Les dames avaient des tailleurs en tweed, un corsage en dessous et très souvent un collier. La plupart des autres clientes arrivaient en tablier. Nous étions toutes en tablier, nous, les filles de la campagne, les filles de Jonzac qui travaillaient pour les autres, celles qui n'étaient pas nées dans une famille aisée. C'était tellement plaisant de voir ceux qui étaient pour moi des gens « de la haute ». C'était plaisant de toucher la feutrine neuve des bérets Laulhere qui venaient du Pays basque, région qui me paraissait si loin. C'était plaisant de voir la vitrine du magasin de chaussures en face. Rien à voir avec la ferme du premier travail qu'on m'avait trouvé à mes quatorze ans et des vaches dont je devais m'occuper. C'était plaisant de côtoyer des gens élégants, qui parlaient bien. Il fallait d'ailleurs que je fasse des efforts pour parler un bon français, d'oublier le patois charentais. Mme Rossi me reprenait, elle ne voulait pas que ses enfants copient ma façon de parler et que les clients me regardent de travers. Je me suis habituée à tout cela maintenant et ne suis plus intimidée.

À treize heures quarante-cinq, Mme Rossi part comme prévu avec Alain au rendez-vous médical. M. Rossi qui est représentant pour une entreprise de jouets en bois est parti pour la semaine. En attendant d'ouvrir le magasin à 14 heures, je débarrasse la table, fais la vaisselle, passe un coup de balai et monte au cabinet de toilette passer un coup de peigne dans mes cheveux châtains tirant sur le roux. Ils avaient bien poussé et je pouvais maintenant me faire un chignon, ce qui m'allait très bien me disait-on. Je regarde mon visage avec mes taches de rousseur dont je me serais bien passée, mes yeux marron toujours un peu cernés, je trouvais ma bouche trop généreuse, mais ce qui me dérangeait le plus c'était mon regard. Je ne sais pas pourquoi, mais même quand j'étais gaie mon regard était triste. J'essayais de sourire devant le miroir, de penser à des choses gaies, rien à faire, mes yeux ne semblaient jamais sourire. Je me disais que c'était sans doute ainsi depuis la mort de maman ; j'étais si jeune quand c'est arrivé, onze ans… j'étais une enfant. Ma mère me traitait comme une princesse. J'étais retardataire et imprévue. Mon arrivée avait dû être comme un bonheur tombé du ciel. De princesse je suis passée à Cosette sans même comprendre ce qu'il m'arrivait. Papa était gentil, heureusement, mais devant Claudette il n'osait pas dire grand-chose. Et puis c'était comme ça, même si j'étais jeune il fallait bien travailler. Je chassais la pensée de ma mère, enfin j'essayais, mais je sentais bien que cette douleur était toujours présente, languissante dans mes pensées, insidieuse comme un poison qui traversait mes veines en continu mais invisible pour les autres. C'est ça la douleur de l'esprit, elle flotte dans chaque substance de notre corps, dans notre sang, dans nos muscles, dans nos organes. C'est sûr, puisque dès que j'y pense j'ai l'estomac qui me serre. C'est sûr puisqu'elle s'est inscrite dans mes yeux.

Quatorze heures tapantes, j'ouvre le gros verrou de la porte du magasin. Je fais un signe de tête à M. Charles qui ouvre sa boutique de chaussures en même temps que moi. Mme Rossi ne m'a pas laissé de consigne particulière, pas de carton à déballer, pas d'articles à recompter. J'aimais vérifier s'il y avait bien le nombre de casquettes commandées dans les cartons. La première cliente de l'après-midi entre. Elle vient chercher un casque colonial pour son père, taille 59. Je lui donne un beige, comme elle m'a demandé et j'encaisse les seize francs qu'elle me tend. Je me sens fière devant les gens de me diriger directement vers ce que l'on me demande, un casque colonial, hop, deuxième étagère à gauche, un béret bleu marine, hop étagère à droite, un béret noir, à côté, ils étaient rangés par taille et il y avait trois largeurs différentes, les neuf et demi, les dix, les dix et demi. Je bascule la pile pour voir l'étiquette, je suis rapide, précise maintenant. Je manie la caisse avec aisance et n'ai aucun problème pour rendre la monnaie, même depuis les nouveaux francs. Il faut être vigilant à ce que les clients ne nous paient pas en anciens francs. Un jour, un client avait fait un chèque de quatre mille trois cent cinquante francs au lieu de quarante-trois francs cinquante. Heureusement, je m'en étais rendue compte aussitôt et le client m'avait bien remerciée, car dans un autre commerce dont il n'avait pas voulu nous dire le nom, il était en bisbille : le commerçant avait encaissé le chèque… C'était un peu le bazar pour tout le monde ce changement de francs !

Je souhaite une bonne après-midi à la cliente et la devance pour lui ouvrir la porte. La cloche accrochée à la porte sonne. Je vois la dame marquer un arrêt à la première marche car au même moment, un homme a commencé à monter la seconde. Alors que la clochette tinte encore j'entends :

— Toutes mes excuses madame, je n'avais pas vu que vous alliez sortir.

La femme, gênée de cette soudaine proximité avec un inconnu, grommelle qu'il n'y a pas de mal mais hâte le pas pour échapper à cette situation. Je tiens encore la porte et l'homme, le jeune homme en fait, me fait un sourire en me passant devant pour entrer. Il doit avoir une vingtaine d'années. Ses cheveux châtain clair portent la marque de sa casquette qui doit se faire trop petite. Et trop vieille aussi. Il est rasé de près et sent bon le savon.

— Madame… dit-il en ôtant sa casquette, ou Mademoiselle… bonjour…

— Monsieur, bonjour…

J'allais ajouter « je vous en prie » sans savoir pourquoi mais les mots s'embouteillent dans ma gorge ne donnant qu'un son opaque incompréhensible. Je sens le rouge me monter aux joues. Oh non pas ça… Je baisse légèrement la tête en traversant le petit magasin, passant presque sur les pieds du client, tout en lui demandant en quoi je peux l'aider. Je lève la tête, j'aimerais que le rouge de mes joues se soit évaporé mais la chaleur que je ressens encore me dit que non. Je regarde l'homme en face. Il me fixe un quart de seconde, je vois dans ses yeux un amusement, ou une petite fierté peut-être mais il se reprend très vite et me demande :

— Pouvez-vous m'aider, mademoiselle ?

L'interrogation n'était pas seulement sur le « Pouvez-vous m'aider » mais aussi sur le « mademoiselle ». Je ne réponds qu'à la première question, j'ai repris mes esprits.

— Oui bien sûr, si vous cherchez une coiffure pour homme, je peux peut-être vous aider. Sauf si vous me demandez une coiffure de tsar, nous avons tout vendu !

Je me surprends moi-même. Depuis quand je me permets de faire de l'humour avec un client ? C'est parce qu'il est jeune ? Parce qu'en l'espace de quelques secondes j'avais perçu en lui une énorme sympathie ? Impossible à dire. Je commençais à regretter ma blague mais à mon grand soulagement il s'esclaffe :

— Je vais postuler à la laiterie, pas à l'ambassade d'URSS ! Vous croyez qu'ils vont m'embaucher si j'arrive avec un turban sur la tête !

Je ris aussi, imaginant la scène.

— Alors, plus sérieusement, de quoi avez-vous besoin ?

— Un béret, bleu marine, s'il vous plaît.

— Savez-vous quel tour de tête vous faites ?

C'est ça qui n'était pas évident avec les jeunes gens de mon âge. Je ne sais jamais si je dois dire monsieur, jeune homme, tu ou vous. Bon à part quand c'est le fils d'un notable je ne me pose pas la question. Mais je sens bien que lui et moi nous sommes du même monde, nous avons la même manière de parler, et puis ça se voit à ses vêtements. Son pantalon en coton bleu n'a pas l'air tout jeune et s'il l'avait mis pour venir en ville c'est que c'était son plus beau. Pareil pour sa veste et ses chaussures.

— Je crois que je fais du 59, mais vous allez vérifier, non ?

Tous les hommes portaient soit un béret soit une casquette. J'hésite à lui conseiller de prendre plutôt une casquette, nous en avons de très belles en velours ou en tweed, ce serait plus de son âge. Les hommes plus âgés, eux, portent souvent un casque colonial. C'est la mode de ces chapeaux qui font penser au Sahara ou aux colonies, bref à des pays tellement lointains que je ne connais même pas leurs noms. Je n'ose pas le contrarier, s'il veut un béret…

— Bleu marine m'avez-vous dit…

J'attrape la pile de bérets, la renverse pour trouver une taille 59 à ce jeune homme. Je lui mets sur la tête et lui positionne correctement. Bien entendu, cela signifie que je suis obligée de me rapprocher de lui. Mes gestes sont doux et assurés d'habitude, j'espère que c'est ainsi qu'il les ressent. Mes yeux croisent les siens alors que je me recule légèrement pour observer le résultat.

Un truc insensé. Le temps se suspend. Sans doute quelques secondes mais une éternité. Une profondeur, un ravin, un incroyable abysse. Du bleu, de la gentillesse, de la douceur, de la magie, du réel, des palpitations, du calme, beauté, sagesse, folie, courage, douleur, joie, l'empressement, la patience, l'envie, la raison. Une quantité d'informations passe de ses yeux aux miens et sans doute des miens aux siens. Le monde autour n'existe plus, n'existe que ce que je perçois dans ses yeux. Et je sais que pour lui c'est idem. Nos yeux semblent accrochés, liés comme par un tube invisible. Une certitude. Comment quatre ou cinq secondes peuvent-elles vous donner autant d'informations ?

Je recule d'un pas. La réalité éclate autour de nous, le magasin, le béret, l'heure qui tourne, les gens qui passent dans la rue, le froid dehors. Il se fige quelques secondes, avale sa salive, je vois sa pomme d'Adam proéminente bouger. Il parvient malgré tout à attraper son portefeuille dans la poche intérieure de sa veste, me demande combien il me doit d'une voix à peine audible. J'avais trouvé sa voix masculine, claire, agréable tout à l'heure. Mais cette voix-là, cette voix-là, cette voix si masculine comme ébréchée, ébranlée, achève la sensation que mon cœur est pris dans un étau qui, serre, serre, serre… J'encaisse le montant du béret. Heureusement, il me donne la somme pile, douze francs, car là pour le coup je ne suis pas sûre que mon cerveau aurait réussi à rendre la monnaie ! Il se dirige vers la porte, s'arrête. Mon cœur cogne dans ma poitrine, je ne pensais pas qu'il pouvait cogner plus fort qu'il ne cognait quelques secondes auparavant. Mais il ne se retourne pas, il ouvre la porte, la cloche me tire de ma torpeur. Je vois sa tête dévier vers la droite, lentement, hésitante, ses yeux se posent sur moi, dans son regard sont mêlés gêne et joie. Il me fait un sourire qui aurait pu me faire tomber à la renverse tellement c'était le plus beau que je n'avais jamais vu ; je crois qu'avant lui je ne savais pas ce qu'était le charme. Il disparaît.

Encore sous le choc de cette rencontre, je m'assois sur le haut tabouret en bois qui est derrière la caisse car mes jambes flageolent. Je suis toute retournée, je n'ai pas de mots pour décrire ce qui s'est passé. Voilà, encore un truc qui arrive alors que je n'avais jamais pensé que ça arriverait ! En fait, depuis le jour où j'ai retrouvé ma mère inanimée sur le sol de notre cuisine, j'ai compris que dans la vie, il se passait toujours des choses qu'on n'avait pas prévues. Alors depuis, comme un réflexe, j'essaie de tout anticiper pour que ça n'arrive pas. Si je pense que mon père va mourir ça n'arrivera pas. J'imagine qu'un tronc d'arbre lui tombe dessus, qu'il a un accident de mobylette, qu'il fait lui aussi une crise cardiaque, qu'il a une maladie… j'essaie d'imaginer tous les scénarios imaginables comme si ça allait repousser ces évènements et éloigner la probabilité que ça arrive. J'imaginais que Pierre se faisait tuer en Algérie en me disant que si j'y pensais ça n'arriverait pas. C'était devenu comme un réflexe chez moi, imaginer le pire pour le repousser. Et voilà… cette rencontre, et bien je ne l'avais pas anticipée… mais pas du tout. Une cliente entre, je suis bien obligée de reprendre mes esprits. Je la sers et je suis finalement occupée jusqu'à ce que Mme Rossi revienne avec Alain. Je vaque à mes occupations tout le reste de la journée. Je pars chercher Christian et Chantal à l'école, je leur prépare leur quatre-heures, les aide à faire leurs devoirs. Je prépare ensuite le repas, du merlu et des pommes de terre à la poêle. J'avais fait de la bouillie au chocolat pour le dessert. Après avoir tout rangé et couché les enfants, je monte enfin dans ma chambre, j'ai hâte de me retrouver seule et de pouvoir penser. Après être passée par le cabinet de toilette et avoir mis ma chemise de nuit je m'allonge enfin dans mon lit, fatiguée de ma journée mais aussi fatiguée de cette émotion que j'avais ressentie aujourd'hui. Je revois ce jeune homme, sa silhouette, ses yeux… oh là là ces yeux… Je ne sais même pas comment il s'appelle, alors comment est-ce possible que je pense à lui ? Je pense à Pierre également qui doit revenir bientôt. Nous allons emménager ensemble, nous marier, travailler ensemble, fonder une famille si Dieu le veut, c'est mon plus grand désir. Ce matin j'étais heureuse qu'il revienne, ce soir je le suis moins. Il ne faut plus que je pense à cette rencontre impromptue, c'est ridicule, de toute façon je ne le reverrai sans doute jamais. Je finis par m'endormir, en me forçant à penser à notre future vie avec Pierre.

14 mars 1962

Il ne fait vraiment pas chaud. Je remonte le col de mon manteau. Je vais acheter du pain pour le repas du midi et comme je n'en ai pas pour longtemps, Alain est resté au magasin avec sa mère. Je sors de la boutique et prends à gauche pour monter la rue de Verdun. Je tiens dans ma main la pièce d'un franc que Mme Rossi m'a donnée. Je jette un œil pour voir si Mme Bégon est dans sa boutique de vêtements pour homme. Je l'aperçois et monte rapidement les trois marches pour aller la saluer.

— Bonjour madame Bégon, comment allez-vous aujourd'hui ? Avez-vous des nouvelles de Franck ?

Son fils était également parti en Algérie. Tous ceux qui avaient un proche là-bas avaient constitué un réseau. On se donnait des nouvelles, celles qui recevaient une lettre racontaient aux autres le contenu, pour ce qui concernait « les évènements », comme on disait.

— Ah bonjour, Jeannou ! Elle se rapproche, l'air réjoui, ses grands yeux verts pétillent de bonheur. Oui et les nouvelles sont plutôt bonnes ! Il revient très bientôt m'a-t-il écrit. J'espère pour toi qu'il en sera de même pour Pierre.

— Je ne sais pas… il ne me parle pas de retour dans sa dernière lettre… Je suis tellement contente pour vous.

Je lui renvoie un sourire, espérant qu'elle ne voit pas ma déception de cette nouvelle, qui certes, me fait plaisir pour elle, mais qui dans le même temps me renvoie à mon interminable attente. Ceci dit, depuis deux jours je n'y ai pas trop pensé.

Je m'éloigne, lui adressant juste un geste de la main. Inutile de dire au revoir, on se voit parfois cinq fois dans la même journée !

Je redescends les marches de son magasin, j'arrive presque en haut de la rue, la boulangerie Moreau y a un dépôt de pain, face aux imposantes halles où se tient le marché, construction pourtant métallique mais qui a été réussie. J'aperçois soudain une silhouette que je crois reconnaître, mes jambes flanchent d'un coup, je n'ai pas le temps de dire ouf qu'il arrive à moi et je me retrouve face à face avec le jeune homme d'avant-hier. Il n'a pas l'air surpris de me voir, lui, contrairement à moi, il avait dû me voir monter, peut-être m'avait-il vu converser avec Mme Bégon.

— Bonjour mademoiselle, dit-il en soulevant son béret tout neuf.

Interloquée, je marque un temps d'arrêt. J'avais essayé de ne pas penser à lui hier, ce matin, mais sans y parvenir. Il dut lire dans mes yeux ce qu'il attendait.

— Je… je me demandais comment vous vous appeliez mademoiselle…

— Jeanne… je m'appelle Jeanne… et vous ?

Il sourit.

— Ah, comme c'est drôle… moi c'est Jean.

Je souris à mon tour. Nous sommes face à face, dans le courant d'air de la rue, quatre secondes de silence, nous nous regardons, voyant l'un dans les yeux de l'autre notre contentement de nous revoir… et le reste… Il baisse les yeux, regarde à droite, à gauche, recule d'un pas, avance d'un pas, triture son béret qu'il tient dans sa main droite.

— Je me demandais si on pourrait se voir un de ces jours, vous savez, aller se promener le long de la Seugne, ou bien, enfin, où vous voudrez… Je suis revenu d'Algérie la semaine dernière, mon service militaire est fini, je vais commencer à travailler à la laiterie de Chadenac. Le béret que vous m'avez vendu m'a porté bonheur, j'ai été embauché !

Mon cœur bat la chamade, mon Dieu qu'il est beau. Enfin, je le trouve beau, c'est le plus bel homme que j'ai jamais vu, son visage carré, ses yeux bleus, ses cheveux châtains sont coiffés en arrière et une petite mèche s'échappe. J'ai envie de répondre : « Oui volontiers, allons-y maintenant et puis demain et puis après-demain aussi et les autres jours d'après aussi… » Mais je ne peux pas dire cela. Mes mains sont moites, j'ai l'impression de transpirer comme en été alors qu'il doit faire douze degrés. Mes yeux sont accrochés aux siens, quatre secondes de silence où j'ai encore cette impression qu'il lit en moi comme dans un livre ouvert. Je prends une profonde inspiration et lui dis d'une voix blanche :

— Ce n'est pas possible, je vais me marier bientôt.

Je le contourne et m'éloigne. Mes jambes vont me lâcher j'en suis sûre, c'est impossible qu'elles m'emmènent plus loin. Pourtant mécaniquement je marche, je marche vite sans penser à l'endroit où je dois me rendre. Mon cerveau est comme bloqué, à l'arrêt. J'avance vers les halles, monte les petites marches qui y mènent, traverse la place, me retrouve devant l'église. Je me tâte à aller jusqu'au champ de foire. Je commence à être essoufflée. Je m'arrête. J'ai passé la boulangerie depuis longtemps. Pourquoi ai-je envie de pleurer comme ça ? J'ai envie de me cacher. Je prends la ruelle derrière l'église, y marche lentement, très lentement, prie pour n'y croiser personne et surtout pas lui. Il est forcément encore dans les parages. A-t-il descendu la rue de Verdun, dans quelle rue est-il maintenant ? Est-il parti rapidement du centre-ville sous le coup de la déception ? Je ne veux pas le recroiser. Je regarde aux alentours, entre chez Moreau prendre le pain et redescends jusqu'au magasin, baissant la tête. Heureusement, Mme Rossi est occupée avec une cliente et ne remarque rien. Depuis le temps, elle me connaît bien… Tout en épluchant les pommes de terre prévues pour le repas du midi, je pense à Pierre, à cette histoire qu'il m'a racontée dans une des dernières lettres qu'il a envoyées. Un gars du même régiment que lui s'était mis un coup de fusil. D'abord, tous ont mis ça sur le compte de la guerre, de la dureté des conditions, de l'éloignement… puis ils ont retrouvé sur son lit une lettre. Une lettre de sa compagne qui lui annonçait qu'elle n'allait plus l'attendre, que c'était trop long cette guerre, que ça faisait déjà un an qu'il avait commencé son service militaire et qu'elle n'arriverait pas à l'attendre une autre année surtout que son voisin lui était rentré… Le pauvre homme n'a pas supporté. Ce n'est pas que je me dis que Pierre ferait ça, sûrement que non, ce n'est pas son tempérament. C'est mon tempérament à moi qui fait que non, je ne PEUX pas mettre fin à notre histoire, je ne peux pas faire ça, qu'en diraient les gens bon sang. Ça ne se fait pas c'est tout. Cela va faire bientôt deux ans que nous nous fréquentons. Ça a commencé juste avant qu'il parte au service militaire, deux jours avant. Un samedi et un dimanche. Il est parti faire ses classes à Tours, pendant douze mois ; il avait des permissions heureusement. Puis il est parti en Algérie. Le cauchemar. Ici on essaie de parler d'autre chose que de cette guerre mais tellement d'hommes y sont… Du coup, même si on essaie de ne pas y penser il y a toujours quelqu'un ou quelque chose pour vous y faire penser. Untel a son frère là-bas, un son beau-frère, un cousin, untel en est revenu, en plus ou moins bon état. J'essayais de ne pas allumer ma TSF aux heures piles pour ne pas entendre les actualités, mais Mme Rossi, elle aime bien écouter les informations, où tous les jours on nous annonce le nombre d'attentats, le nombre de morts. On nous parle d'Oran, souvent d'Alger. Pierre est du côté de Tlemcen, jamais entendu ce nom-là avant bien évidemment. Malgré moi, je tends l'oreille pendant les informations, priant pour ne pas entendre le nom de cette ville. Et dire qu'au début il était planqué, comme ils disent. Chauffeur d'un prêtre. Mécontent d'être planqué il avait demandé à changer. Non mais vous y croyez, vous ? Il était toujours chauffeur mais d'un colonel. Je me disais que c'était forcément plus risqué. Il ne raconte pas beaucoup dans ses lettres, c'est assez succinct pour ce qui concerne ses activités. Est-ce que quelqu'un contrôle les lettres et leur contenu ? Est-ce qu'ils ont obligation de ne pas tout dire ? Je n'ose pas lui demander quand je lui écris en retour. Il parle des copains qu'il s'est faits là-bas, de ceux qui étaient à Tours en même temps que lui. Aucun d'eux n'est avec lui en Algérie mais ils s'écrivent aussi. Pierre me dit que quand tout cela sera fini et que nous aurons notre maison nous les inviterons à déjeuner un dimanche. Quand il rentrera nous emménagerons ensemble dans la maison en face de chez ses parents. Elle est en piteux état mais nous ferons quelques travaux. Nous achèterons un ou deux hectares de champs, nous planterons de la vigne peut-être plus tard, nous ferons des vaches, des vaches laitières. Le projet n'est pas encore très précis mais Pierre semble savoir où il va même s'il ne dit pas grand-chose. Je lui fais confiance. Bien obligée de toute façon puisque nous nous sommes choisis. On se connaît depuis toujours en fait. On est nés dans la même commune, à cinq cents mètres et six mois d'écart ! On était dans la même classe. Notre institutrice Mme Rousseau s'occupait de tous les niveaux en même temps. Alors avec Pierre, Paul, René, Michel, Odette, Gisèle, Colette et les autres, on allait à l'école à pied, tous ensemble, environ deux kilomètres tous les matins et tous les soirs. On passait nos journées dans la même salle de classe, on prenait nos repas ensemble, les jeudis nous nous retrouvions parfois pour jouer. Je n'ai plus eu le droit quand Maman est morte mais bon, parfois je les retrouvais quand même au presbytère. On montait en cachette au clocher de l'église. Pierre fut le seul à oser un jour tirer sur la corde… la cloche se mit à sonner bien sûr. D'abord on a tous rigolé mais quand Mme Linard était arrivée en hurlant on n'en menait pas large ! On a tous été punis. Mon père m'avait sermonnée, Claudette, elle, en avait profité pour me faire nettoyer tous les cuivres de la maison ! Et puis Pierre il avait cinq sœurs, plus jeunes que moi mais je m'entendais bien avec elles, c'était chouette une grande famille. Moi, ma sœur Angèle elle avait vingt ans de plus que moi, elle était déjà mariée quand je suis venue au monde. Mon frère a lui, vingt et un ans de plus que moi. Mon frère et ma sœur auraient pu être mes parents… Alors les sœurs de Pierre, c'était un peu comme mes sœurs. Pierre, il était fort à l'école. Il a été le premier de la classe à savoir tous les départements et les chefs-lieux. Je me souviens qu'il pouvait tous les énumérer d'un trait, il y en avait quatre-vingt-dix quand même… et ben il les savait tous. « L'Ain: Bourg, l'Aisne: Laon, Charente: Angoulême, Charente-Inférieure, euh non, Maritime: La Rochelle, Seine: Paris, Seine et Oise: Versailles… » Nous étions tous admiratifs devant cette facilité à retenir aussi bien. C'était pareil dans toutes les matières, il retenait tout. Moi je peinais à apprendre, j'avais bien commencé mais après le décès de maman j'ai eu plus de mal à écouter en classe, plus de mal à me concentrer, plus de mal à retenir. C'est pas tout bien rentré dans mon cerveau ce qu'on a vu à l'école après ça. Alors Pierre, il m'épatait. En plus, il a toujours été beau garçon. À faire les foins, les travaux dans les champs, le vélo, la marche, ils étaient tous musclés les hommes. Mais Pierre, en plus, il était sûr de lui, il était volontaire, il savait ce qu'il voulait, n'était jamais hésitant, pas du genre fort en gueule mais du genre charismatique. J'étais tout le contraire.

À cinq heures moins le quart, je mets le manteau à Alain pour qu'il m'accompagne à l'école chercher son frère et sa sœur. Demain il n'y aura pas école, la journée sera plus chargée, trois enfants à gérer toute une journée en plus du reste, c'est plus fatigant. Mais bon, j'ai de la chance, ils sont mignons, bien élevés, Mme Rossi est exigeante avec eux mais aussi avec moi. Je n'ai pas intérêt à être laxiste avec ses enfants et à leur laisser passer quoi que ce soit. Christian ne met pas toujours du sien pour les mathématiques, il a des difficultés dans cette matière. J'ai souvent envie de lui souffler les réponses mais les ordres de sa mère sont stricts. Il doit se creuser les méninges jusqu'à ce qu'il trouve le résultat tout seul. Du coup, il arrive assez régulièrement que nous passions à table alors qu'il est encore assis au bureau, cherchant désespérément la réponse à 8X9 ou à un problème posé. Mme Rossi le nargue avec la nourriture, lui disant qu'il n'a qu'à mieux apprendre ses leçons ! Elle peut le laisser aller au lit sans manger ! Alors, je lui fais un sandwich en douce et lui apporte dans sa chambre. Mais c'est tout un art pour que Mme Rossi ne se rende compte de rien. Chantal, elle, elle est exemplaire à l'école. Première de la classe tout au long de l'élémentaire. Il y a trois ans, De Gaulle a rendu l'école obligatoire jusqu'à 16 ans et Chantal en est très heureuse, elle a hâte de grandir et se voit aller à l'école le plus longtemps possible… Elle sera sans doute la première personne que je connaîtrais à rentrer en 6e !

À vingt et une heure, après avoir mis le petit Alain au lit, après avoir embrassé Christian et Chantal, après avoir essuyé et rangé la vaisselle, je laisse Mme Rossi à sa lecture et monte dans ma chambre. J'enlève ma robe, mes collants, mon maillot de corps et mon soutien-gorge, enfile ma chemise de nuit, me glisse dans les draps froids et pense à Jean. C'était fou ça quand même, qu'il s'appelle Jean. J'essaie de comprendre pourquoi il me plaît autant alors que je ne le connais pas. Ses yeux peut-être, qui sont du même bleu que ceux de Papa ? Il a aussi un peu la même corpulence. Je n'ai pas d'explication logique.

Cette nuit-là, je rêve que je suis pieds nus, horrifiée de ne pas avoir de chaussures, je me sens nue, j'ai mal aux pieds et je peine à suivre Pierre qui marche vite devant moi. Et puis Jean est arrivé près de moi, Pierre n'est plus là, le sol ne me fait plus mal aux pieds, Jean me dit qu'on était bien pieds nus, il a enlevé ses chaussures lui aussi. Je m'arrête devant une boîte aux lettres, j'avance et vois encore une boîte aux lettres, puis une autre et encore une autre, puis une rangée de boîtes aux lettres.

22 juillet 1962

Dommage que Pierre n'ait pas voulu me rejoindre. La Mont Carmel à Jonzac c'est LA fête à ne pas rater. Elle a toujours lieu le dimanche qui suit la St-Mont-Carmel, c'est-à-dire le dimanche qui suit le 16 juillet. Mais bon, si on veut pouvoir emménager un jour, faut bien qu'il travaille à la maison. Il n'a pas beaucoup de temps à y consacrer la semaine, il y travaille seulement le dimanche et les jours fériés. Depuis qu'il est revenu d'Algérie, en mai, il travaille sur la petite propriété de ses parents. La guerre s'est enfin terminée, officiellement le 19 mars. Pierre n'a pas pu revenir aussitôt, problème de bateau, ça en faisait du monde à rapatrier. Il m'écrivait que là-bas il fallait quand même protéger les harkis et les algériens pro-français qui risquaient fort de dérouiller si on les protégeait pas. Mais égoïstement je m'en fichais de ce qui pouvait leur arriver ; ça faisait trop longtemps que les évènements d'Algérie nous privaient de nos hommes et même une fois cette guerre finie ils nous les rendaient pas !

Pierre est revenu mais je continue de travailler chez les Rossi. J'arrêterai après notre mariage, on ne sait pas encore quand, sans doute l'hiver prochain. D'habitude je pars le samedi soir mais cette année, Alain a tellement insisté pour que j'aille à la Mont Carmel avec eux que je n'ai pas eu le cœur de le décevoir, il est tellement attachant. Alors tant pis, deux semaines sans rentrer à St-Germain et donc sans voir Pierre. Et aujourd'hui n'est pas un dimanche comme les autres ! Les enfants sont tout excités à l'idée de pouvoir aller voir les attractions. Christian voudrait tirer à la carabine mais ce n'est pas sûr que sa mère accepte, c'est plutôt un jeu pour les adultes. Chantal a prévu de participer à une course de sac avec ses copines et puis surtout de manger de la barbe à papa ! Il y aura du monde, de la musique le soir avec le bal bien évidemment ! Les adultes danseront et les enfants aussi, avant ça ils feront un peu de manège sur les chevaux en bois.

À quatorze heures pétantes, tout le monde est prêt ! Christian est très beau avec son pantalon noir et sa chemise blanche, Chantal a mis sa jolie robe en vichy rose, Alain a son bermuda beige et une chemise blanche récupérée de son frère bien sûr, on ne jette rien. Avec ses cheveux blonds et sa raie sur le côté il est mignon à croquer.

— Dis Jeannou, ché vrai qu'il y a un manège ?

— Et oui mon chéri, comme l'année dernière ! Tu te souviens que tu étais monté sur un beau cheval, que maman était montée avec toi et qu'elle avait failli dégobiller ?

Je me mis à rire, Alain aussi. C'était Christian qui m'avait raconté ça quand j'étais arrivée le lendemain, ça risquait pas que ce soit elle qui me le raconte ! J'imaginais bien la scène : Mme Rossi avec son air pincé, son chignon parfaitement serré, sa jupe noire et son col roulé même en été, qui devait pestiférer ou plutôt qui avait dû devenir toute rouge de ne pas pouvoir pestiférer !! Avec la clientèle elle était toute mielleuse, mais dès qu'elle avait tourné le verrou de la boutique, le naturel revenait au galop. C'est pas qu'elle est méchante… mais c'est pas qu'elle est gentille non plus ! Elle a la critique facile, trouve toujours le tout petit truc qui ne va pas. Vous avez beau faire tout bien, elle voit tout de suite le petit détail qui cloche. Elle est d'ailleurs en train de remettre la barrette de Chantal, la déplaçant de deux millimètres par rapport à là où je l'ai mise… Je m'y étais faite. Je faisais du mieux que je pouvais surtout que maintenant j'arrivais à anticiper ce qu'elle allait dire. Malgré tous mes efforts, elle pouvait voir la petite trace que j'avais mal lavée dans le faitout, voir le meuble que j'avais oublié de dépoussiérer, elle voyait même quand les livres avaient changé de place dans la bibliothèque. « Jeannou… disait-elle de sa voix nasale, Germinal c'est après Le Bonheur de Dames, le B c'est avant le G » soupirait-elle.

Les livres sont rangés par ordre alphabétique, j'avais jamais vu ça. D'ailleurs j'avais jamais vu autant de livres. Mme Rossi elle, elle adore Zola. Jamais entendu parler avant. M. Rossi lui, il a des livres plutôt de géographie, sur les rivières et fleuves de France, sur les massifs montagneux, sur les vins aussi… il aime bien le vin. De temps en temps, quand je fais la poussière de la bibliothèque, j'ouvre les ouvrages sur les montagnes, je n'en ai jamais vu en vrai et je me dis que je suis bien contente de pas y habiter dans les montagnes, ça me fait peur. Je regarde aussi la Tour Eiffel parfois, dans un bouquin sur Paris, en me demandant si je la verrais en vrai un jour. Le plus loin que je suis allée pour le moment c'est au Pays basque, en voyage organisé par le canton d'Archiac, en autocar, alors que j'avais dix-sept ans. Moins loin mais très bon souvenir, l'île d'Oléron, j'étais impressionnée par le fait que les voitures montent sur le bateau aussi ! On y retournera avec Jean j'espère… non, avec Pierre, mais qu'est-ce qui me prend ? L'espace d'un instant je m'imagine avec Jean, nous baladant main dans la main sur la plage de St-Trojan. Je pense à lui parfois. Souvent même. Je ne veux pas mais je ne peux pas m'en empêcher. Pendant que j'essuie la vaisselle, devant la fenêtre qui donne sur le jardin ; pendant que je pédale pour rentrer chez moi ; pendant que je fais les poussières ; pendant que je frotte le linge énergiquement ; pendant que je repasse le linge. À chaque fois que je passe à l'endroit où je l'ai vu la dernière fois, sans doute POUR la dernière fois d'ailleurs. À cet endroit précis, je ralentis le pas, j'essaie de trouver le pavé sur lequel il était lorsqu'il m'avait parlé en triturant son béret… comme c'était charmant. Je hume l'air, au cas où son odeur serait encore présente, c'est idiot je sais… bref, j'espère qu'un jour, avec Pierre, on ira sur l'île d'Oléron.

M. et Mme Rossi marchent devant, Alain tient la main de sa mère. Christian, Chantal et moi marchons derrière, descendant la rue de Verdun pour nous rendre Place du Château où ont lieu les festivités.

Une foule est déjà présente, des groupes d'hommes parlent entre eux, des enfants jouent, les femmes ont mis leur plus belle robe. Ça fait bizarre de ne voir que des gens bien habillés, on a plutôt l'habitude de voir les gens en tenue de travail ! Le château surplombe avec dignité tout ce petit monde, la place à ses pieds grouille de gens de tous âges, au stand de tir, aux manèges, à la course de sac, à la buvette où les hommes boivent des panachés et les femmes des menthes à l'eau.

M. et Mme Rossi se sont arrêtés discuter avec M. et Mme Aullaire, les propriétaires du laboratoire un peu plus bas que la chapellerie. Alain s'impatiente, tenant toujours la main de sa mère mais commence à tirer en direction du manège qu'il avait forcement repéré !

— Jeannou, voulez-vous bien emmener Alain faire un tour de chevaux en bois s'il vous plaît avant qu'il m'arrache la main.

Christian et Chantal, eux, avaient rejoint des camarades d'école, agglutinés devant le Coq d'Or, le bistrot le plus réputé de Jonzac. Ils tentaient tous d'apercevoir la télévision qui était allumée. C'est également ici la première fois que j'en ai vu une. Simone, l'employée du laboratoire avec qui je discutais dès que je le pouvais, avait, un soir du mois de mai de l'année dernière, poussé la porte de la boutique tout excitée en criant :

— Jeannou, Jeannou, y'a la télévision au Coq d'Or, viens vite, viens vite !

Mme Rossi m'avait donné l'autorisation d'un hochement de tête et nous avions couru comme des dératées pour aller voir ça. Nous étions restées dehors bien sûr, la porte était ouverte, coup de chance il faisait bon. On ne pouvait pas non plus bloquer le passage et nous n'allions pas rentrer dans ce genre d'endroit, les femmes n'entraient pas dans les bistrots, enfin, les femmes bien je veux dire. On se tordait donc le cou pour pouvoir apercevoir ce phénomène ! D'autant plus que d'autres Jonzacais arrivaient en courant pour voir ça aussi ! Nous étions nombreux à n'avoir jamais vu de télévision. C'était hallucinant. Voir des personnes dans cette petite boîte. Simone s'était écriée « Aaaahhhh c'est Eddy Mitchell et les Chaussettes Noires, c'est Eddy

Mitchell et Les Chaussettes Noires, oh mon Dieu ». Elle avait porté ses mains devant sa bouche, ahurie de les voir enfin. On entendait les chansons sur la TSF mais on ne savait pas à quoi ressemblaient les chanteurs. Le présentateur de l'émission « Age tendre et tête de bois », sur la seule chaîne existante, RTF, joua ensuite de l'harmonica et enfin, Nancy Holloway chanta « Be Bop a Lula » nous donnant à tous envie de danser. C'était FA-BU-LEUX ! Extraordinaire… Mais comment donc était-ce possible ? Par quel procédé pouvait-on voir à Jonzac dans une boîte électrique des gens qui se trouvaient à Paris en ce moment même ?

Alors j'aimais bien assister à la découverte des gens de la télévision, je m'amusais de regarder leur air éberlué.

Après avoir fait faire trois tours de manège à Alain, qui cette année, avait bien voulu monter tout seul, Dieu soit loué, nous nous dirigeons vers le vendeur de barbe à papa. J'étais en train de payer le vendeur lorsque j'entends quelqu'un prononcer mon prénom, juste derrière moi. Je me retourne… mon cœur se met à battre la chamade, je sens comme un couperet un peu au-dessous de mes genoux… Jean… est là, face à moi, souriant.

— Bonjour, Jeanne, comment allez-vous ? dit-il en soulevant son béret.

Je ne peux m'empêcher de lui renvoyer le plus beau sourire naturel dont je suis capable, sans forcer. Je sens mes yeux se plisser de bonheur et je ne peux lutter contre l'expression qu'ils doivent renvoyer.

— Ah, bonjour Jean, oui ça va bien merci et toi ?

Je ne sais pas pourquoi je l'ai tutoyé, c'est sorti tout seul. Il semble surpris et flatté en même temps. Il regarde Alain, qui l'observe tout en dégustant sa barbe à papa :

— Et ben dis donc, ça a l'air sacrément bon ça mon p'tit bonhomme, lui dit-il avec un large sourire. Alain se fourre dans mes jupes et ose répondre que oui, c'est « essectivement » très bon. Il a beaucoup de problèmes de diction. Cela énerve fortement sa mère, moi je trouve ça tellement mignon ! Jean regarde à droite, à gauche, se racle la gorge et me demande :

— Nous pourrions peut-être le faire aujourd'hui ce tour vers la rivière ?

Je sens le rouge me monter aux joues. J'hésite… L'envie est plus forte que la crainte, plus forte que la pensée des qu'en-dira-t-on, plus forte que Pierre, plus forte que l'hésitation, plus forte que tout. En fait, je ne suis pas payée aujourd'hui, alors rien ne m'oblige à m'occuper des enfants. J'attrape la main d'Alain, dis à Jean « Je reviens, attends-moi ici ». Il sourit devant mon air déterminé, l'air heureux. Alain peine à me suivre, je ralentis un peu le pas pour ne pas que Mme Rossi se pose des questions. Je prends une profonde respiration pour avoir l'air très calme, la rejoins et lui dis :

— J'ai rencontré un ami, je vais discuter un peu avec lui, je peux vous laisser Alain ? Elle a l'air surprise. Elle sait à quel point j'aime m'occuper des enfants, je ne suis pas du genre à me débarrasser d'eux au moindre prétexte, ce n'est pas dans mes habitudes. Consciente que ce n'est pas un jour de travail pour moi, elle accepte. Je sens son regard sur moi alors que je m'éloigne, j'espère que la foule gênera son angle de vue et qu'elle ne me verra pas rejoindre Jean, qui n'a pas bougé d'un poil et attend sagement, faisant mine de regarder les activités les unes après les autres. Le regard qu'il me porte me fait presque tomber à la renverse lorsque je m'approche de lui.

— Allons-y, lui dis-je. Je regarde mes chaussures beiges, un peu trop usées, me félicite intérieurement d'avoir mis ma robe rose poudrée aujourd'hui, c'est la plus belle que j'ai et la couleur me va bien au teint. Nous traversons la foule, je ne regarde personne en face, croisant les doigts pour que personne de ma connaissance ne me voie. Comme je dis, je n'aime pas amener de l'eau au moulin des critiques. Les gens parlent tellement les uns sur les autres… et pas toujours en bien évidemment. Nous empruntons la petite descente qui, de la place du château descend à la rivière, la Seugne, il y a un petit pont et un large champ qui longe la rivière. Les vingt premiers mètres, ni l'un ni l'autre n'ose dire un mot. La timidité, l'embarras, la situation inhabituelle, en tout cas pour moi, car finalement pour lui je ne sais pas. Peut-être demandait-il souvent à des femmes de faire un tour avec lui. Il coupe court à mes questions en me disant :

— C'est la première fois que je demande à une femme d'aller à la rivière, d'habitude quand j'y vais c'est pour pêcher ! dit-il avec un sourire.

— Ah oui, tu aimes bien pêcher ?

Je suis soulagée que la conversation s'oriente sur la pêche. Ce serait même sur la chasse que ça me dérangerait pas même si je déteste la chasse. Bref, n'importe quoi d'autre que de parler de nous.

— Oui j'aime bien ça, mes parents habitent près de la rivière à Pons alors j'ai toujours pêché.

Enfin, je sais d'où il est. C'est très important pour moi, je ne sais pas pourquoi, j'ai toujours besoin de savoir d'où sont les gens. Ça me donne des informations sur eux, ou tout du moins c'est l'impression que ça me donne. Pons est une petite ville, un peu comme Jonzac. Jonzac a son château, Pons a son donjon. Albert, mon frère nous avait emmenés une fois Papa et moi à Pons dans sa Talbot gazogène et j'avais été impressionnée par la hauteur de ce donjon. Apparemment il y avait aussi un château autrefois, il restait un beau bâtiment dans lequel ils avaient fait la mairie je crois, mais qui ne ressemblait plus à un château. Je suis rassurée que Jean soit d'un endroit que je connais, où je suis déjà allée. L'inconnu me fait peur, du coup le monde me fait peur car tout m'est inconnu, moi qui n'aie mis les pieds que dans dix communes différentes maximum peut-être ! Il enchaîne. Ses parents tiennent un magasin de vélos et cyclomoteurs rue de Cognac, il a deux frères et deux sœurs, c'est lui le cadet, comme moi. Il a aussi eu son certificat d'études à quatorze ans, il est né le 9 novembre 1940, il travaillait avec son père avant de partir pour ses dix-huit mois d'armée mais c'est son frère aîné qui reprendra l'affaire familiale alors lui il fallait qu'il trouve une autre voie. Pour l'instant il a trouvé du travail à la laiterie mais il pense sérieusement se faire embaucher aux chemins de fer. Nous traversons le petit pont et marchons dans l'herbe haute, longeant la Seugne. Conscient qu'avec ma robe et mes escarpins ce n'est pas l'idéal, Jean trouve un tronc d'arbre sur lequel nous nous asseyons. Craignant la proximité je laisse presque un mètre de distance entre lui et moi. Il s'est tu et je sens bien qu'il attend que je lui parle à mon tour. Il a l'air vraiment triste pour moi lorsque j'évoque le décès de maman, me demande de lui décrire St-Germain de Vibrac, comprend mon attachement aux enfants de M. et Mme Rossi. Il me souhaite un bon anniversaire en avance puisque ce sera demain et court me chercher une petite fleur dans les herbes pour me l'offrir. Je suis aux anges. Je ne parle pas de Pierre. Alors, après quelques secondes de silence il me demande avec un sourire un peu désabusé :

— Et alors, ce mariage… qui est le chanceux ?

Je lui raconte donc notre histoire. Jean est aussi allé en Algérie et son regard s'assombrit lorsque j'en parle. Un oiseau se pose près de nous et nous sommes pris d'un fou rire en regardant la petite huppe qu'il a sur la tête. L'oiseau s'envole. Jean me raconte des anecdotes, sur des gens de Pons, sur des bêtises qu'il a pu faire avec ses frères et sœurs, il me fait beaucoup rire. Ce moment délicieux est comme une parenthèse enchantée. La nature, la verdure, la rivière, le chant des oiseaux. Un papillon blanc vient voler vers nous. Il tourne autour de nous, une fois, deux fois, trois fois. C'était comme s'il voulait nous envelopper, nous réunir. Ce sont mes préférés les blancs, ils sont tellement élégants. Un endroit bucolique, lui, et moi… Je voudrais que le temps s'arrête. Je n'ai pas de montre, lui non plus et je n'ai aucune idée du temps que nous avons passé là à discuter. À vue de nez je dirais qu'il est environ dix-sept heures et je pense soudain à Mme Rossi qui doit quand même se demander ce que je fais. Je n'ai pas envie que ce moment se termine, je voudrais rester là toute ma vie, à voir son visage, ses yeux, j'ai observé ses mains, longues mais tellement masculines. J'ai irrésistiblement envie de toucher cette petite mèche de cheveux qui revient régulièrement sur son front, j'aurais effleuré sa peau, ses cheveux châtains, j'en meure d'envie. D'un geste, il remet lui-même sa mèche rebelle en arrière et se rapproche de moi. J'ai l'impression de me refermer comme une huître et mon cœur s'accélère.

— Jeanne… tu sais, enfin, je sais pas comment dire mais je crois que ça peut pas arriver deux fois dans une vie.

Il attrape ma main, me caresse doucement le poignet. J'ai la sensation que ce simple contact me traverse le corps entier, c'est… comme quelque chose de surnaturel… Je le regarde dans les yeux, il voit sans doute dans les miens autant d'amour que de désarroi.

— C'est possible Jean, oui, c'est fort possible que ça n'arrivera pas deux fois, je le sais, je le sens aussi.

Inutile de nier de toute façon, c'était comme si un fil invisible reliait mon cerveau au sien. Il sait et je sais. Nous savons avec certitude que nous ressentons la même chose.

— Je pense que c'est rare Jeanne ce qui nous arrive, très rare.

Je sais bien qu'il a raison. Je ne peux répondre quoi que ce soit. Je le regarde, aimante, perdue, rêveuse, désespérée. Il me demande s'il y a une adresse où il pourrait m'écrire. Prise de court, je lui dis de m'écrire chez mon père, le bourg, St-Germain de Vibrac, au nom de Jeanne Gendrillon. La mort dans l'âme nous sommes remontés place du château, lentement, très lentement. Je veux retarder l'instant où la foule va réapparaître à nos yeux, l'instant qui mettra fin à cette douce parenthèse qui me paraît être le plus beau moment de ma vie. Nous entendons d'abord les bruits de la fête, un brouhaha puis des voix plus distinctes. De la musique, l'orchestre commençait à s'installer pour le bal du soir et l'accordéoniste échauffait ses doigts sur « La Java bleue », chanson que j'adorais déjà auparavant mais qui subitement prend une dimension différente. Jean me regarde, me demande s'il n'y avait pas moyen que l'on se retrouve au bal plus tard. Je décline d'un mouvement de tête. Il n'insiste pas. Nous nous mêlons de nouveau à la foule, nous frôlant pour éviter les gens, tressaillant à chaque frôlement. Nous descendons la rue de la Porte de Ville, traversons la rue Sadi Carnot pour remonter la rue de Verdun. Je ne savais pas comment lui dire que je ne voulais pas prendre le risque que M. ou Mme Rossi nous voie mais il me devance me disant :

— Je vais te laisser là alors…

J'entends au loin une voix que je connais bien :

— Jeannou, t'es revenue ? T'étais où Jeannou ?

Alain est vingt mètres plus loin et commence à courir vers moi. J'aperçois M. et Mme Rossi devant la boutique, discutant avec les voisins M. et Mme Bégon. Bon sang, pourquoi ne sont-ils pas rentrés chez eux ? Avec l'intervention d'Alain, tous leurs regards se tournent vers moi, vers nous. Jean, devinant ma gêne, me fait trois bises et lance en parlant fort :

— Je suis ravi de t'avoir revue Jeanne, à bientôt et passe le bonjour à ton frère.

Il s'éloigne. Alors que j'ai la sensation que mon cœur éclate en mille morceaux, je remonte la rue, me forçant à sourire. M. Rossi et les enfants eux, n'y voient que du feu bien sûr. Mais pas Mme Rossi. Je vois dans son regard cherchant le mien, une interrogation, un soupçon, une surprise.

— Vous vous connaissez ? me demande-t-elle.

— Oui, oui, il était venu acheter du bois chez mon père un jour.

Bon sang, je n'aime pas mentir et en plus je suis une bien mauvaise menteuse, j'ai l'impression que ça se voit tout de suite. Je pense que Mme Rossi ne m'a pas vraiment crue et en même temps elle ne peut pas savoir si c'est vrai ou faux.

Pour une fois, ce n'est pas moi qui ai préparé le repas et ça m'a fait tout bizarre de me mettre les pieds sous la table. Je n'ai même pas mis le couvert, Chantal s'en est chargée, jouant à faire « Jeannou ». Elle a bien joué son rôle, prenant un air sérieux pour m'imiter. Elle s'est même coiffée comme moi et a mis mon tablier ! Cela a bien fait rire tout le monde et la soirée estivale aurait pu être très agréable si mon esprit n'avait pas été obnubilé par Jean et la peur de ne jamais le revoir. Cet après-midi avait été le plus beau de ma vie. Je monte me coucher tôt, après avoir tout de même aidé au rangement. Mme Rossi souligne que c'était dommage que je n'aille pas au bal pour une fois que j'étais là pour la Mont Carmel. Elle rajoute que sans doute, j'aurais préféré que Pierre soit avec moi pour danser… Pour ce qu'il aimait danser en plus…

Je m'endors en pensant à Jean, revoyant son visage que j'ai mémorisé dans les moindres détails, ses yeux, sa bouche, ses mains, me repassant notre conversation, riant encore de ses blagues, me redisant en boucle cette phrase « Tu sais Jeanne, ça ne peut pas arriver deux fois dans une vie. »

25 mars 1963

Un mois déjà que nous sommes mariés Pierre et moi. C'était une belle fête. Il faisait un froid de canard mais tout le monde s'est bien amusé je pense. Le quotidien a bien vite pris le dessus. Donc, depuis le mois dernier, j'habite Chez Durand, un petit hameau de deux habitations, cinq cents mètres au-dessus de la maison dans laquelle je suis née. Je dis au-dessus car il faut monter une côte pour y arriver. Le relief fait que de Chez Durand nous avons une belle vue, sur le bourg, son église, sur la mairie, sur la campagne, sur la rivière en contrebas et les prés verts. Mes beaux-parents ont un peu financé la rénovation de la maison en face de chez eux pour que nous nous y installions Pierre et moi. Ce dernier y a aussi mis un peu d'argent de ses salaires de militaire. Nous avons deux pièces, la cuisine et la chambre. Je n'ai pas de placard pour le moment. Papa m'a fait une étagère pour que je puisse poser les assiettes, les casseroles, les couverts. J'ai une cuisinière à bois, une gazinière et comble de bonheur j'ai un évier et l'eau qui arrive de notre puits. Notre chambre est grande, je l'ai meublée d'un lit et d'une armoire que j'ai pu payer grâce à mes salaires de Jonzac. Je n'y travaille plus depuis le mois dernier. Je suis mariée et il coule de source que je dois vivre et travailler avec mon époux. Les enfants me manquent et je m'étais habituée à la vie en ville. Mais je sais qu'Alain viendra en vacances chez moi dès que possible et je me rends à Jonzac de temps en temps. Nous garderons des liens avec les Rossi, il ne peut en être autrement après avoir travaillé huit ans pour eux, c'est ma deuxième famille. Comme nous n'avons rien, comme beaucoup à l'époque, nous travaillons avec mes beaux-parents. Ils laissent à notre disposition leur vache, quelques ares de champs et quelques ares de vigne sur lesquels nous allons travailler Pierre et moi pour commencer à gagner un peu d'argent. Nous sommes chanceux, nous n'habitons pas avec eux comme il arrive parfois aux jeunes de notre génération. J'ai également commencé à élever des poulets et on m'a donné un lapin mâle. Dès que je pourrai, j'achèterai une femelle. Pierre a semé du blé cette année. Mais pour le moment c'est le lait notre principale source de revenus car bien évidemment, pour le blé et les vignes il faut attendre une année. Le lait nous est payé une fois par mois. C'est surtout cela qui nous permet d'acheter à manger. Nous nous levons tous les jours à sept heures. Il faut traire de bonne heure car le laitier passe tôt chercher le lait, celui du matin et celui du soir de la veille. Bien évidemment, je gère tout ce qui est domestique, je range ma cuisine et anticipe pour le repas du midi. Je lave le linge dans une grande bassine et l'étends sur le fil à linge que Pierre m'a installé dehors. Pour l'hiver j'ai tendu un grand fil tout le long du mur où se trouve la cuisinière à bois. Le boucher passe deux fois par semaine avec son camion, le boulanger, lui, passe tous les deux jours. Le pain se conserve bien dans un linge. Plus tard, lorsque nous aurons eu notre récolte de blé, nous irons à la mairie chercher des bons que nous donnerons au boulanger pour le payer. C'est comme ça que cela fonctionne. Pierre espère que nous pourrons devenir fermiers et cherche des terres à louer. Peut-être un jour pourrons-nous en acheter… peut-être un jour nous aurons NOTRE propriété. Nous en sommes loin pour le moment. J'essaie déjà d'éviter le pire en m'imaginant ce qui pourrait se passer de malheureux : pourvu qu'on ne tombe pas malades, pourvu que Pierre ne tombe pas de l'échelle, pourvu qu'il ne se coupe pas une main en sciant du bois, pourvu que, pourvu que… Ah, ça me fatigue…

Ce midi, notre repas est composé d'un poulet que j'ai tué, (j'avoue que nous en mangeons assez souvent) et de pommes de terre. J'ai fait cuire le tout dans le four de la cuisinière à bois. Il fait encore si froid pour un mois de mars que de toute façon nous ne pouvons pas encore nous passer de chauffage. Comme à tous les repas du midi, Pierre a allumé la TSF pour écouter Le Jeu des Mille Francs. Ça fait pourtant déjà trois ans qu'ils nous ont collé ces nouveaux francs mais on ne s'y fait pas, on parle toujours en anciens francs entre nous. Le repas se termine par un bout de « formage » comme on dit, plus précisément un bout de camembert « Blanche Neige » et Pierre repart travailler. Après avoir débarrassé la table, après avoir fait la vaisselle dans ma petite bassine avec l'eau que j'ai faite chauffer sur la cuisinière, je rentre dans notre chambre me chercher un pull-over supplémentaire. J'ai eu froid ce matin et même si la température doit être un peu plus élevée cet après-midi, je ne tiens pas à avoir encore froid. En ouvrant mon armoire, mon cœur se serre. Car dans cette armoire, sous mes maillots de corps, se trouve un trésor, mon trésor. Sept lettres. Sept lettres de Jean. La première date du mois d'août. Je l'avais trouvée en rentrant un dimanche matin. Elle était posée sur ma commode, dans ma chambre chez mon père. Je la connaissais par cœur cette lettre :

Ma très chère Jeanne,

J'espère que tu te portes bien. J'ai vraiment essayé de ne plus penser à toi. Vraiment. Tu vois d'ailleurs, je ne t'ai pas écrit plus tôt alors que j'en mourrais d'envie. En fait j'ai commencé à t'écrire dès le lendemain de notre entrevue. Au moins vingt lettres que je n'ai pas envoyées. Je suis encore à la laiterie bien sûr. Pense à moi si tu achètes un camembert « Blanche-neige » car c'est moi qui supervise sa production. Depuis que nous avons passé ce joli moment tous les deux près de la Seugne, je pense tellement souvent à toi ; à vrai dire c'est même plus que souvent c'est sans cesse. J'aimerais tellement te voir de nouveau. Voici mon adresse si tu veux bien me répondre, cela me ferait vraiment plaisir : Jean Chevalier 7 rue de Cognac,

Pons Charente-Maritime. S'il te plaît, réponds-moi. Je t'embrasse tendrement.

Jean.

Je n'ai jamais su si c'était Papa ou Claudette qui l'avait réceptionnée. Mon cœur avait fait un bond lorsque j'avais aperçu cette lettre. J'espérais tellement que ce soit lui. Je m'étais précipitée pour l'attraper. Mon cœur allait battre des records de vitesse. J'étais allée chercher un couteau pour ouvrir en abîmant le moins possible l'enveloppe. Elle était déjà un trésor en elle-même cette enveloppe. J'avais d'abord lu son contenu très vite, comme on boit un grand verre d'eau quand on a très soif. Aux mots « sans cesse » j'avais cru défaillir, j'avais l'impression que tout l'intérieur de mon corps avait chaud. Puis je l'avais relue, plus lentement. Je l'avais relue, relue, peut-être dix fois. Puis j'avais observé son écriture, qu'elle était belle son écriture. Je n'avais jamais vu une écriture aussi belle, aussi élégante, aussi fine. J'avais humé la lettre, espérant retrouver un peu de son odeur. Mais elle ne sentait que le papier. Je me demandai où j'allais bien pouvoir la conserver. De toute façon je l'emmènerai à Jonzac, c'était trop risqué de la laisser ici, Claudette était capable de fouiner dans mes affaires. Je l'avais cachée avec mes vêtements en attendant. La seconde était arrivée en septembre. Cette fois-ci, mon père me l'avait donnée en main propre. J'avais compris à son regard qu'il s'interrogeait. Qui m'écrivait puisque Pierre était revenu ? J'avais juste dit « Ah merci, merci, très bien. » J'avais mis la lettre dans la poche de mon tablier l'air de rien, comme si ce courrier n'avait pas d'importance. Par chance j'étais à la maison lorsque celle d'octobre était arrivée. Celle de novembre avait été posée sur mon lit. Celle de décembre avait été réceptionnée par mon frère la veille, qui au moment du repas le dimanche midi s'exclama haut et fort « Et ben elle en a de la chance la Jeanne, elle reçoit du courrier elle ! » Pierre mangeait avec nous. J'avais pris sur moi pour ne pas rougir et avais déclaré le plus naturellement possible que c'était une fille qui avait travaillé dans la rue de Verdun, que nous avions sympathisé, qu'elle était repartie chez elle en Dordogne et que nous avions gardé contact. Tout le monde avait semblé me croire. Pierre n'avait même pas levé la tête de son assiette, trop occupé à déguster une escalope de veau panée, mets qu'il découvrait pour la première fois. Du coup, c'était sans appréhension que j'avais attendu la lettre de janvier. En février, fraîchement emménagé dans ma nouvelle demeure, Papa était venu à vélo, pendant que je préparais le repas, m'en apporter une nouvelle. J'avais senti à son regard qu'il mettait un peu en doute ce que j'avais inventé sur cette fille de Dordogne. Parce que sur le tampon était inscrit « Pons ». Quelle idiote j'avais été, je n'avais pas pensé à ce fichu tampon. J'avais cru avoir une idée lumineuse en m'écriant « Ah, elle a dû déménager Marinette, tant mieux si elle s'est rapprochée, nous pourrons nous voir ! ».

Nous avions échangé quelques banalités avec mon père et j'avais attendu avec impatience qu'il s'en aille pour lire la lettre de Jean. Jean n'avait rien de nouveau à m'annoncer, sa vie à lui aussi semblait déjà réglée comme du papier à musique. Mais cette fois il la terminait par « Je t'aime ». Presque un an après notre rencontre, il m'écrivait qu'il m'aimait. C'était comme si deux mains avaient serré mon cœur en même temps. Il terminait sa lettre par : « Je sais très bien que je ne devrais pas te dire ça, mais j'en suis convaincu depuis le début, c'est forcément ça l'Amour puisque ça ne me passe pas… Je t'aime… » Je ne devais rien laisser paraître de mon trouble, de la joie qui transperçait entièrement mon corps, en même temps que ma tristesse de ne jamais vivre cette histoire en vrai. Toute remuée par ces propos alors que je voyais la silhouette de Pierre dans l'allée, j'avais caché précipitamment la lettre sous une casserole et j'étais retournée mélanger la purée qui était portant parfaitement lisse. Après avoir déjeuné, je relus la lettre, la contemplai et l'emmenai dans mon armoire à vêtements. J'avais une boîte métallique, une ancienne boîte à gâteaux que Mme Rossi m'avait donnée tellement je m'étais extasiée sur ses couleurs, un mélange de roses, du rose clair, du rose bonbon, de l'orange, des ronds verts en plus. Bref, c'était la première fois que je voyais une boîte à gâteaux aussi colorée. Mme Rossi préférait tout ce qui était plus sobre et me l'avait donnée presque soulagée de ne pas avoir à garder ce festival de couleurs agressant non seulement sa vue mais aussi sa vie pleine de noir, de bleu marine et de gris. Dans cette boîte, j'avais mis une broche qui appartenait à ma mère. C'était le seul bijou qui me restait d'elle. Il y avait aussi l'unique photographie d'elle ainsi qu'une de moi-même alors que j'avais neuf ans. Il y avait quelques pièces de nos anciens francs, de cinquante centimes, d'un et deux francs. Aussi des pièces plus anciennes, celles qui sont trouées. Tant que j'étais à Jonzac, les lettres de Jean étaient à l'intérieur. Mais ici, à St-Germain, c'était trop risqué. Cette boîte était cachée derrière mes vêtements, au fond de mon armoire. Pierre savait où elle était puisque sachant l'importance qu'avaient pour moi cette boîte et son contenu, c'est lui qui m'avait suggéré de la cacher ici. J'avais donc scotché les lettres de Jean sous la boîte. Contente de mon idée ingénieuse, je m'étais sentie soulagée. Même si Pierre attrapait un jour la boîte, pourquoi diable la retournerait-il ? Bien évidemment j'avais répondu à Jean à chaque fois. Des lettres moins explicites que les siennes. Je lui donnais de mes nouvelles, lui parlant de mes occupations quotidiennes. Je terminais par « tendrement ». C'était bien en dessous de ce que je ressentais vraiment mais je me sentais déjà coupable de lui écrire ça, je ne pouvais pas en dire plus. Je lui demandais dans la dernière de m'écrire à ma nouvelle adresse. Je pris le risque, emportée par mes sentiments. Après réflexion, Pierre n'était jamais là quand le facteur passait. C'était toujours vers midi : la plupart du temps j'étais à la maison pour préparer le repas et Pierre ne revenait qu'à midi quarante-cinq. Cela me donnait des suées à l'avance, mais c'était plus fort que moi, je ne pouvais pas dire à Jean de ne plus m'écrire. J'avais comme un besoin vital d'avoir de ses nouvelles. Je pensais à lui sans arrêt. Devant mon évier en faisant la vaisselle je pensais à lui. En épluchant les légumes je pensais à lui. En emmenant les détritus aux cochons je pensais à lui. En trayant ma vache Rosetta je pensais à lui. En emmenant le pot de lait au chêne vert, là où le laitier le récupérait en même temps que celui des voisins, je pensais à lui. À la messe les dimanches matin je pensais à lui. En lavant le linge je pensais à lui. En bêchant le jardin aussi ; en ramassant les légumes, en plumant les poulets, en traversant la route pour aller voir mes beaux-parents, en cuisinant, en dansant au bal, en me promenant avec mes belles-sœurs. Il était dans ma tête, comme une petite lumière allumée en permanence. Je n'avais pas vraiment le sentiment de tromper Pierre, puisqu'il ignorait tout. Et en même temps je savais bien que c'était un péché. Que je devrais le confesser mais que je ne le ferais jamais. Que je le garderais enfoui en moi. Comme s'il n'existait que pour moi. Personne de mon entourage n'avait jamais entendu parler de lui. Personne ne connaissait son existence et personne ne savait son importance. Personne, et il devait en rester ainsi.

6 SEPTEMBRE 1964

Je suis enceinte de quatre mois. Pierre est donc en train de faire une séparation à notre chambre pour en faire une seconde. Tant qu'à faire, nous laissons un grand espace entre les deux cloisons, histoire de nous faire des placards, des niches et un secrétaire où nous rangerons les papiers. Heureusement que nous avons à notre disposition la 2 cv de ma belle-sœur Claudine qui est partie travailler à Paris. Elle s'est achetée une voiture mais ne s'en sert finalement pas là-bas. Du coup, elle l'a laissée chez ses parents. Ce qui nous dépanne bien. Pierre avait, comme tous les hommes, obtenu son permis de conduire à l'armée. Nous sommes donc allés chercher les matériaux pour les travaux avec la 2 cv. Pendant que Pierre découpe le bois, assemble, pointe, je couds à l'avance des draps pour mon futur enfant. Heureusement, Mme Rossi m'a dit que je pourrais récupérer l'ancien petit lit d'Alain. C'était un soulagement car sinon, je ne sais pas avec quel argent j'en aurais acheté un… Nous ne roulons toujours pas sur l'or. Nous gagnons tout juste de quoi manger, nous habiller un petit peu, c'est déjà bien. Pierre a trouvé le moyen de s'engueuler avec son père. Pour de bon cette fois, parce-que des engueulades y'en a souvent. Faut dire qu'ils ont le même caractère. Marcel, mon beau-père, est fils unique, fait assez rare. Son père était mort à la guerre 14-18 alors qu'il était tout bébé. Sa mère l'avait donc élevé seule, avec l'aide de sa propre mère. Marcel avait été choyé, du mieux qu'il était possible pour l'époque. Il lui en restait donc une habitude à ce que les autres s'occupent de lui. Sa grand-mère avait toujours contribué à boucher les trous, affectifs mais aussi financiers.

Joséphine, ma belle-mère, était, elle aussi, fille unique. Ils avaient pu vendre la maison de ses parents. Ils avaient vécu sur cet argent autant que possible… sans trop se dire qu'un jour il n'y en aurait plus. Mon beau-père est un homme grand, plaisant à voir avec un visage agréable, souriant, sociable, tellement sociable que la plupart de son temps il le passait à discuter avec qui il pouvait. Joséphine devait le rappeler à l'ordre pour qu'il aille embaucher ! Joséphine, elle, avait une jambe qui la faisait horriblement souffrir, ce qui bien sûr la freinait dans ses activités. Elle aimait tricoter, ce qu'elle faisait très bien, faire des canevas et des napperons. La première fois que j'étais rentrée dans leur maison, j'avais peut-être une douzaine d'années, j'avais été interloquée. La vaisselle d'au moins trois jours était à même le sol, à côté de l'évier certes, mais par terre. Le chien dormait tout près, il n'y avait plus rien à lécher. Le sol était en terre battue, ce qui était encore le cas chez certains il est vrai. Dans la chambre des enfants, une partie du mur était tombée. Tout St-Germain était au courant que les enfants avaient un trou béant dans leur chambre, duquel ils voyaient les étoiles… Heureusement que c'était arrivé en été ! Les quatre enfants (le cinquième était bébé et dormait encore dans la chambre de ses parents), se partageaient une seule couverture et peu de nourriture. Chez moi, toutes les pièces étaient tapissées, nous avions du parquet au sol, tout était toujours propre, autant du temps de maman mais aussi lorsque ma belle-sœur a pris le relais. Elle n'avait pas que des qualités mais elle avait au moins celle d'être propre ! On retirait la nappe après les repas et maman mettait toujours un petit vase au milieu de la table, soit avec une fleur du jardin, soit sans rien. C'était coquet, propret. L'horloge comtoise trônait dans l'entrée, toujours à l'heure. Ma famille avait l'avantage d'être une famille d'artisans. Mon père était charpentier, scieur de long. Les artisans se connaissaient entre eux et s'échangeaient des services. Si je te fais ta charpente tu me fais des placards de cuisine. C'est ainsi que le menuisier de St-Ciers-Champagne, une commune jouxtant St-Germain, avait confectionné à mon père des placards de cuisine en noyer. La transition était rude avec la maison de Pierre. Pas de meuble digne de ce nom, sauf peut-être une armoire en chêne dont les pieds étaient cassés, des chaises toutes dépareillées en piteux état, des étagères faites à la va-vite pour poser la vaisselle, une table sur laquelle on trouvait tout ce qui devait être ailleurs que sur une table, un vieux sécateur rouillé, le fil à broder, les aiguilles à tricoter, un vieux livre… Tout était entassé en bout de table pour le repas, et vu l'amoncellement ça devait être comme ça à chaque repas ! Fort heureusement, au contact de ses filles qui avaient vieilli, Joséphine entretenait mieux sa maison maintenant.

Mes beaux-parents avaient été contents lorsqu'ils avaient appris que nous nous fréquentions Pierre et moi. Ils ne l'avaient pas appris par Pierre bien sûr, qui n'en faisait qu'à sa tête et n'avait pas de compte à rendre à qui que ce soit. Une de mes belles-sœurs avait lâché l'information. Ils me connaissaient depuis toujours, j'étais déjà un peu de la famille. Je les aimais bien donc ça ne me dérangeait pas qu'on soit voisins. C'était déjà mieux qu'habiter ensemble. Pas comme cette pauvre Simone, une amie d'enfance, obligée de cohabiter avec ses beaux-parents, leurs deux chambres juste séparées par un drap ! Faut toujours se dire que ça pourrait être pire !

Alors que Pierre installe la porte basculante du secrétaire avec des charnières, de sorte que celle-ci puisse nous servir de bureau, il m'appelle pour que je vienne l'aider. Tenant le panneau de mélaminé, mes yeux se portent sur mon armoire. Les lettres de Jean se sont faites plus rares. D'une par mois c'est passé à une tous les deux mois, puis ça s'est espacé encore… Je ne peux pas lui en vouloir. Et que dire au bout de tout ce temps sans se voir. L'hiver dernier, il m'a raconté que sa mère avait été malade, une pneumonie. Je ne la connais pas sa mère. Puis il m'a raconté qu'un de ses frères était parti en dans les Deux-Sèvres. Je ne connais pas non plus son frère. Il m'a raconté ses parties de pêche avec un de ses amis Guy. Que je ne connais pas non plus. Ça finit par tourner court. La raison voudrait que l'on ne s'écrive plus. À quoi bon ? À chaque lettre que je reçois je me dis : « Est-ce dans celle-ci qu'il va m'annoncer qu'il ne va plus m'écrire? ». Je sens un peu sa lassitude pourtant. Lorsque je lui réponds je me demande: « Lui dis-je que c'est la dernière? » Mais non, impossible. Une force étrange fait qu'il m'est IMPOSSIBLE de lui dire ça. Et je sens qu'il en est de même pour lui. Dans sa dernière lettre, pour la première fois il y fait allusion. Il m'avait écrit pour mon anniversaire. Il me disait regretter de ne pouvoir cette année encore me le souhaiter en face. Il disait qu'il avait regardé dans divers magasins ce qu'il aurait pu m'offrir s'il m'avait vue. Qu'il avait admiré un bracelet magnifique dans la vitrine et que ça lui aurait vraiment plu de me l'acheter. Que rien que le paquet-cadeau était déjà très beau car il avait observé la vendeuse en faire un et qu'elle prenait un joli papier rose qui lui avait fait penser à moi. Je m'étais dit que s'il pensait à moi dès qu'il voyait du rose, ben il avait pas fini de penser à moi alors. Ça m'avait fait du bien de me dire ça. Que même le temps passant, je serais toujours pour lui associée à cette couleur. Que fatalement il ne m'oublierait jamais. Il m'avait dit qu'il commençait à penser que jamais il ne m'offrirait quoi que ce soit et qu'il commençait à se faire à cette idée. Le sentiment de le sentir s'éloigner m'avait troué le cœur. Dans ma réponse, je ne lui avais pas dit que j'étais enceinte. J'aurais dû, je sais. Je savais bien que cette relation c'était comme tirer sur une corde sans que jamais rien n'arrive au bout. Ça faisait un peu plus de deux ans qu'il devait avoir l'impression de tirer sur une corde, comme à la fête foraine. Avec entrain d'abord, avec fougue, avec la certitude de gagner, avec le sourire aux lèvres, l'allégresse même, des jeunes hommes pleins de passion. Puis l'espoir de gagner avait fait place au doute et il continuait à tirer sur la corde, mais la lassitude avait pointé son nez, la fatigue. Puis c'était comme il s'était rendu compte que la corde était attachée à un arbre… ruinant les chances d'une quelconque victoire. J'étais l'arbre, je n'allais pas bouger. Il était normal qu'il s'épuise. Je chassais toutes ces pensées de mon esprit. Pierre a terminé et est content du résultat. J'admire son travail, le congratule, heureuse malgré tout dès que ma maison connaît la moindre amélioration. J'ai acheté de la tapisserie que je commencerai à poser dès demain. Pour l'heure, il est temps d'aller traire nos deux vaches.

7 OCTOBRE 1965

Je regarde Nathalie dans son berceau tandis que je traverse la route pour l'emmener chez ma belle-mère qui va la surveiller pendant que j'irai travailler. Elle est si belle. Sa naissance m'a rendue folle de joie. Elle a des cheveux blonds comme les blés, avec déjà des petites boucles qui me laissent penser qu'elle va friser. Des yeux bleus magnifiques, une bouille ronde à croquer. Elle est fraîche comme le jour, c'est un bébé facile, elle a vite fait ses nuits. Je l'ai allaitée six mois, j'en suis très heureuse, persuadée que cela va la fortifier. Si la nature nous a permis cela, c'est forcément pour le bien des nourrissons. La mauvaise contrepartie, c'est que je me fais un sang d'encre, maintenant, encore plus qu'avant: pourvu qu'elle n'ait pas de complication après son otite, pourvu qu'elle n'ait pas la mort subite du nourrisson, pourvu qu'elle ne fasse pas d'asthme… et ainsi de suite, j'essaie de penser à tout pour que ça n'arrive pas. J'ai récupéré un landau d'une de mes cousines fort heureusement. J'ai confectionné des petits draps blancs et rose bien sûr et une petite couverture. Je m'étais fait plaisir au magasin de tissus à Jonzac. C'était la première fois que j'y laissais autant d'argent, tout en étant raisonnable bien sûr. Joséphine nous accueille avec le sourire comme d'habitude. C'est sa première petite-fille et en plus on habite juste à côté, elle peut la voir grandir. J'avais décidé de ne pas m'occuper des histoires entre Pierre et son père. Vu la proximité avec eux, je ne me voyais pas ignorer mes beaux-parents. Ma belle-mère et moi nous tuons les poulets ensemble, les plumons, les préparons, idem pour les lapins. On se rend des services mutuellement, nous sommes non seulement voisins mais de la même famille. Pierre ne me tient pas rigueur de parler à ses parents. Je fais l'intermédiaire entre lui et son père parfois, ce qui me déplaît au plus haut point, je trouve ça d'un ridicule… mais mal m'en aurait pris de critiquer. Lorsque j'avais tenté d'améliorer les choses j'en avais pris plein mon grade. Alors je ne dis rien, observant le père et le fils se regarder en chien de faïence lorsqu'ils se croisent. Ce qui arrive souvent puisque le matériel agricole se trouve chez eux, les parcs à cochons sont chez eux, l'écurie est chez eux, ainsi que le poulailler, mes clapiers à lapins, la voiture de leur fille qu'on emprunte encore… Nous espérons pouvoir acheter notre propre voiture prochainement mais nous n'en sommes pas là. Il nous est difficile de mettre de l'argent de côté avec ce que nous gagnons. Faut que je m'estime heureuse, j'ai des placards dans ma cuisine maintenant. Grâce à mon père. Des beaux placards en formica bleu, avec la table assortie. Ma cuisine a une autre allure quand même. Depuis deux ans je fais faire des petits à ma truie et je les revends, ce qui nous fait une source de revenu supplémentaire, ça met du beurre dans les épinards comme on dit… Heureusement que nous avons eu les vendanges. Nous avons vendu notre vin même s'il y en a eu peu. Après avoir vendangé nos quelques rangs de vigne, nous avons mis la vendange dans le pressoir à mains en bois. C'était fatigant pour les bras on faisait ça tous les trois, Marcel, Pierre et moi. Ensuite, nous avons mis le jus dans des tonneaux en bois et une fois fermenté, nous avons pu le vendre. Pierre était aussi allé vendanger chez les Louvier comme tous les ans ce qui nous avait fait un peu plus d'argent.

Après avoir embrassé ma fille je me dirige vers le grand champ qui se trouve derrière la maison de mes beaux-parents. C'est une belle journée, aujourd'hui, il fait beau et chaud pour un jour d'octobre. Nous allons ramasser les betteraves. C'est pénible comme travail. Je commence seule, à les déterrer et à couper les feuilles.

Nous nourrissons les vaches et les cochons avec. Après deux heures trente de cette tâche fastidieuse, Pierre arrive avec le tracteur et la remorque. Il faut maintenant jeter les betteraves une par une dans la remorque. Au début ça va… mais plus le temps passe, plus vous trouvez les betteraves lourdes. Tellement qu'à la fin vous avez du mal à les balancer. Demain j'en mettrai dans le coupe-racine, cette machine métallique qui fait un bruit assourdissant et qui coupe les betteraves en morceaux pour que les vaches et les cochons puissent mieux les manger.

À midi moins le quart nous terminons. Me tenant le dos, je rejoins la maison de mes beaux-parents pour récupérer Nathalie. Joséphine est dans son potager, le chien-loup garde le landau. Personne, hormis nous, ne peut approcher le landau de Nathalie lorsque Cheyenne est à côté. Elle a failli niaquer le voisin Philibert l'autre jour ! Il s'était approché sans se méfier : « Gazou gazou comme elle est mi… » Il n'a pas eu le temps de finir sa phrase, Cheyenne s'est mise entre lui et le landau, grognant en montrant ses dents ! Il a reculé d'un bond ! Ma belle-mère et moi avons bien rigolé, un de moins qui lui touchera le menton avec ses mains sales !

Comme à chaque fois je passe avec difficulté le landau par la porte. Je prends un peu Nathalie dans mes bras, histoire de poser une vingtaine de baisers sur ses joues. Puis, je prépare son biberon, elle commence à avoir faim et se débrouille pour me le faire savoir. Il faut cependant que je prépare notre repas à Pierre et moi. Je coupe le reste de viande du pot-au-feu de la veille, il servira d'entrée avec une vinaigrette. Il me reste également les poireaux que nous mangerons aussi en salade. Je n'ai pas le temps de préparer quelque chose d'élaboré alors ce sera une omelette. Avec du pain, un bout de fromage, ça suffira. Ce soir ce sera encore boîte de sardines, on en a notre dose mais on n'a pas trop le choix. Pierre arrive à midi quarante-cinq, se lave les mains dans notre petit évier, allume la TSF pour écouter le jeu des mille francs. J'avais eu le temps de donner le biberon à Nathalie et de la bercer un peu pour qu'elle s'endorme dans son petit lit à barreaux. J'ai toujours peur que la TSF la dérange mais non, sans doute la voix du nouveau présentateur Lucien Jeunesse lui est déjà familière. Après avoir mangé, Pierre rembauche aussitôt.

Certains prennent le temps de se reposer un peu, voire de faire une toute petite sieste, pas Pierre. Ce que j'avais d'abord pris comme du courage était en fait plus une hargne. La hargne de travailler, la hargne de gagner un peu plus, la hargne de devenir fermier un jour, la hargne de ne pas vivre comme des malfamés, de nourrir sa famille. Contrairement à son père, et c'était ce qu'il lui reprochait d'ailleurs, Pierre ne « brassait pas de l'air ». Il était efficace, ne ménageait pas sa peine mais ne s'épuisait pas pour rien. Enfin, si, parfois, pour des économies de bout de chandelle, mais un sou est un sou dit-il et en ça, nous sommes bien d'accords. On ne pouvait pas se permettre de gaspiller quoi que ce soit.

Après la sieste de Nathalie, nous avons prévu de tuer des lapins avec Joséphine j'en ai quatre qui sont assez gros pour être mangés. L'avantage c'est que Nathalie peut rester près de nous dans le landau. Je traverse la route pour aller à l'écurie. Au passage je rentre chez mes beaux-parents, pour dire à Joséphine que je suis prête. Ils sont encore en train de manger. J'aurais dû m'en douter, ils ont pas d'heure… Ah punaise, le temps qu'elle termine son bout de pain j'aurais fini les lapins ! Ce que je sais c'est que c'est pas le temps de ranger qui va la retarder. Je rigole toute seule, un peu jaune certes mais à quoi bon. J'allais pas les changer.

— Veux-tu une chicorée Jeanne ? me demande Joséphine.

Elle se lève déjà pour attraper le paquet de chicorée Leroux. Mais le temps qu'elle le moule on allait encore perdre du temps alors je décline. Marcel est en train de se peler minutieusement une pomme. Je remarque pour la première fois qu'il commence à avoir des cheveux blancs dans sa masse de cheveux châtain. Il est pourtant jeune, quarante-six ans. Pile vingt ans de plus que moi. Ses yeux noisette me regardent gentiment. Il a toujours comme de la malice dans le regard. Comme s'il s'amusait toujours un peu des autres. Ce qui d'ailleurs lui porte parfois préjudice. Le vieux Saboureau, le maire de St-Germain, ne peut pas l'encadrer. Il dit de Marcel qu'il se fout de la gueule de tout le monde. En y réfléchissant bien, Marcel a une multitude de connaissances. Mais a-t-il de vrais amis ? Pendant la guerre, il était resté caché dans le grenier. Un jour, des militaires étaient venus fouiller la maison, de fond en comble. Par chance pour lui, le petit voisin, le fils Normandin, faisait du vélo. Le gamin avait vu une grosse voiture noire, inhabituelle dans le bourg. Il avait pédalé le plus vite qu'il pouvait pour venir prévenir Joséphine et Melvina, la mère de Marcel encore vivante à cette époque. Marcel avait eu le temps de sortir et était allé se cacher sous le foin. Melvina et Joséphine avaient eu de la chance. Les deux militaires dépêchés pour cette mission n'étaient pas très perspicaces et semblaient croire ce que Melvina leur assénait : son fils était bien parti à la guerre et elle n'avait pas de nouvelles de lui depuis le 19 décembre 1939. Quand ils furent partis, Joséphine attrapa la casquette de Marcel qui trônait au milieu de la table et se dit que ce n'était pas possible qu'ils ne l'aient pas vue. Alors, elles vécurent dans la crainte qu'ils reviennent plus nombreux jusqu'à la fin de la guerre. Melvina n'en dormait plus la nuit et perdit dix kilos. Elle avait catégoriquement interdit à son fils de partir au combat (elle avait déjà perdu son mari à Verdun, les Boches allaient pas lui prendre son fils aussi). Finalement, personne n'était revenu chercher Marcel. Dans l'enfer de la guerre avaient-ils oublié un soldat ? Quelqu'un dans l'administration avait-il classé le dossier se disant qu'au moins celui-là serait épargné ? On ne sut jamais. Marcel resta enfermé jusqu'au jour du débarquement, qui apportait un espoir énorme au pays tout entier. Marcel n'était sans doute pas fier de tout cela et le regard de ceux qui sont revenus, le regard des veuves, des mères qui avaient perdu un enfant, devaient être très pesants. Melvina allait remettre en place tous ceux qui osaient faire une réflexion et petit à petit plus personne ne jasa sur le sujet. Personnellement, je n'ai pas à me plaindre de lui. Mon beau-père est charmant avec moi. Il voit bien tout ce que je fais et apprécie que je sois travailleuse. Il voit bien aussi que je ne fais pas d'histoires, au contraire. Je m'entends bien avec ses filles, il constate que je choie sa petite-fille. Je fais tout mon possible pour être en quelque sorte une belle-fille idéale et je n'ai même pas besoin de me forcer.

Je prends la direction de mes cages à lapins, bloque la roue du landau, m'assure que Nathalie est assez couverte et entre dans l'écurie pour attraper un couteau. C'est toujours difficile de tuer un animal que vous avez nourri bien sûr, mais il ne faut pas perdre de vue que c'est purement alimentaire. Nourriture saine car je sais ce que je leur donne à manger et économique bien évidemment. J'attrape une lapine à la fourrure noire et l'attache par les pattes arrière, la tête en bas à la vieille porte en bois de l'écurie. Puisque Joséphine n'est toujours pas là, il faut bien que je me débrouille toute seule. Au moment où j'enfonce le couteau dans la gorge de la pauvre lapine, la lueur de douleur que je vois dans ses yeux l'espace d'une demie seconde, me renvoie à ma propre douleur qui me transperce de nouveau. Jean… sa dernière lettre, datant du 30 juillet m'a fait si mal :

Jeanne,

Je suis très triste de ce que je vais t'annoncer mais dans le même temps je me raisonne et me dis que tu devais bien te douter que ça arriverait un jour. Voilà, au mariage de ma cousine Colette, j'ai rencontré une jeune femme qui me plaît bien. J'ai mis du temps à accepter que ce ne serait jamais toi. J'ai tellement espéré, tellement rêvé, tellement attendu. Alors, tu comprends, il faut bien aussi que je fasse ma vie. Je sais que tu comprendras. Mais tu sais, tu resteras toujours dans mon cœur, pardonne-moi. Tendrement.
Jean.

Ce jour-là, par chance, Pierre était revenu un peu plus tôt qu'à l'accoutumée et je n'avais pas eu le temps d'ouvrir la lettre avant le repas. Je dis par chance, car je ne sais pas comment j'aurais fait pour contenir mon désarroi devant lui. J'avais eu peine à cacher mon impatience qu'il sorte de la maison, pressée d'avoir des nouvelles de Jean. C'était sa vingt-troisième lettre et trois ans qu'on s'était rencontrés. J'avais jamais aimé le chiffre trois, je ne savais pas trop pourquoi jusqu'au jour où ayant besoin de mon certificat de naissance pour mon mariage, j'avais vu que maman était décédée un trois Mars. Mais j'avais tout de suite compris. Dès les premiers mots. Toutes ses lettres précédentes commençaient par « Ma chère Jeanne, ou Ma très chère Jeanne, ou Ma Jeannou d'Amour pour quelques-unes… ». Alors, dès que j'ai lu « Jeanne », j'ai su que celle-ci serait différente. J'ai poursuivi la lecture impassible. Je pensais m'être préparée à cette lettre que je m'étais souvent imaginée. Je me forçais à me dire qu'un jour il m'écrirait qu'il était marié, qu'il était papa, qu'il était parti loin, j'avais essayé de penser à toutes les éventualités pour ne pas être surprise. Je m'étais imaginé cela mi 1963 parce que ça faisait déjà un an qu'on s'était rencontrés. Je m'étais dit ça toute l'année 64, le temps passait il ne pouvait pas ne pas vivre sa vie. Mais non, ses lettres arrivaient, tous les deux mois environ, parfois le temps était plus long entre ses envois. Elles étaient sensiblement toutes pareilles, pas très longues, parfois il racontait des anecdotes de son travail, il me racontait les naissances des enfants de ses sœurs, me parlait un peu de ses parents, me demandait parfois s'il était possible que l'on se voie à Jonzac, me donnait des dates où lui irait, me demandait si j'irais au bal à Avy ? Au bal à Clam ? Au bal à St-Germain de Lusignan ? Il espérait toujours m'y voir et me racontait sa déception de ne pas m'y avoir vue. Même accompagnée d'un autre il aurait tellement aimé me voir. Je ne lui disais pas, que samedi on irait au bal à St-Ciers, à Meux, à Réaux… des communes voisines. J'aurais tellement aimé mais j'aurais eu peur que la soirée tourne mal. Je ne voulais même pas y penser. Et puis depuis la naissance de Nathalie, on n'allait plus au bal de toute façon. Mais ça il pouvait pas le deviner. Alors bizarrement, ce n'était pas ce jour-là que je m'attendais à une lettre d'adieu. J'ai lu la lettre trois fois. Je l'ai recachetée au mieux et je l'ai également emmenée là où toutes les autres étaient planquées. Ça faisait belle lurette que je ne pouvais plus les cacher sous ma boîte à trésors. J'avais une autre boîte, dans laquelle j'avais mes affaires de couture, un dé à coudre, du fil, quelques boutons, quelques rubans. Ce n'était pas Pierre qui allait coudre alors je ne prenais pas trop de risque. Je cachais cependant la boîte sous mes vêtements, tout en haut de l'armoire. Je me suis assise sur mon lit et j'ai pleuré, pleuré, pleuré. Je n'ai pas bougé pendant une heure peut-être, me remémorant la première fois que je l'avais vu, me remémorant la seconde fois, me remémorant ce 22 juillet si magique. Je revoyais ses yeux, ses mains, ses cheveux, son regard, son sourire. D'habitude je lui répondais quasiment aussitôt et postais ma lettre le plus vite possible. Je faisais mine de descendre voir mon père ou mon frère et passais vite fait devant la boîte aux lettres posée en face de la mairie. Hop, ni vu ni connu. Je discutais cinq minutes et remontais chez moi. Je ne savais même pas si je lui répondrais. Une sensation de vide m'envahit. Comment était-ce possible qu'un homme qui ne m'avait même pas touchée puisse me faire cet effet ? Pas même embrassée. Un homme avec qui je n'avais rien partagé de concret. Et puis c'était ma faute aussi, pourquoi avais-je dit oui le jour de mon mariage, pourquoi n'avais-je pas eu la force de dire à Pierre que ce ne serait pas lui, pourquoi ne suis-je pas partie avec Jean, nous nous serions débrouillés. J'aurais trouvé un travail à Pons, avec mon expérience chez les Rossi, avec les enfants, la maison, la boutique, j'aurais pu trouver c'est sûr, pourquoi j'ai pas eu le cran ? Mais après tout, Jean avait sûrement des défauts, peut-être qu'il buvait, peut-être qu'il aurait été violent, peut-être qu'il ne voulait pas d'enfant, qu'est-ce que j'en savais, peut-être que sa famille ne m'aurait pas aimée. Mon cerveau bouillonnait. Nathalie se mit à pleurer, ce qui me sortit de ma torpeur et me força à me lever. Je me regardai dans le miroir de mon armoire. Mes yeux étaient gonflés, mes cheveux tout emmêlés. Seule ma fille fut témoin de mon désespoir ce jour-là et fort heureusement, elle ne pouvait le raconter à personne.

12 DÉCEMBRE 1968

Ouf, quel soulagement, j'ai mon permis de conduire ! Ça va me changer la vie ça ! Je regarde le feuillet rose que l'on m'a remis : « Certificat provisoire de capacité à conduire les véhicules automobiles de la catégorie B, délivré par l'Inspecteur soussigné, après examen satisfaisant » à Mme Rocher Jeanne. En dessous :

« Profession », où il est écrit en face « sans ». Sans profession alors que je trime du matin au soir… vous croyez pas que c'est injuste ça ? Quand on décavaillonne avec Pierre et que je passe la journée assise sur un siège en fer à manier les barres métalliques, à droite, à gauche entre les ceps de vigne, c'est pas un métier ? Quand je tire les bois, quand j'attache, quand je fais les relevages, c'est pas un métier la viticulture ? Quand je traie les vaches non plus ? Ah ça m'énerve… Pourtant l'année a été mouvementée dans le pays et nous promettait des changements. Enfin surtout dans les grandes villes parce qu'ici, personne n'a manifesté ! Je n'en ai pas cru mes yeux quand j'ai vu les images à la télévision chez mes beaux-parents. On aurait dit des scènes de guerre à la capitale. Ils en ont cassé des affaires. Mais enfin, brûler des voitures, enlever les pavés, mais qu'ont-ils dans la tête ? Ils ont pas fait la guerre ceux qu'ont fait ça c'est pas Dieu possible. Ils en ont marre de De Gaulle, ça fait dix ans qu'il est président, d'accord, mais quand même c'est pas une raison. Bon, j'ai sûrement pas tout suivi vu qu'on n'a pas la télévision et qu'on n'écoute pas les informations sur la TSF puisque Pierre l'éteint aussi sec que le Jeu des Mille Francs est fini. Mais bon sang, des morts quand même. Il y a des choses à améliorer sans doute, mais de là à en mourir… des étudiants, quelle misère. Si ça a amélioré des choses pour certains tant mieux. En tout cas, ça n'a rien changé pour nous, dans notre campagne.

Il est midi lorsque nous revenons à la maison. Pierre m'avait emmenée à Jonzac passer l'examen avec notre nouvelle voiture, une belle 203 noire que nous avons trouvé d'occasion. La récolte du blé a été bonne cette année et nous a permis de faire cette acquisition. Notre première voiture ! Je m'étais dit que je pourrais peut-être conduire au retour si j'avais mon permis mais Pierre a grommelé qu'il valait mieux que je conduise un peu toute seule la 2 cv d'abord… soit… Je cours récupérer Nathalie chez ma belle-mère dès en arrivant et m'empresse de préparer le repas. Pierre taille les vignes en ce moment, il repart rapidement. Nathalie fait la sieste. J'ai bien des chaussettes à rapiécer mais je n'en ai pas envie, ça attendra… J'ai une autre envie en tête. En fait, quelque temps après avoir rencontré Jean, j'ai eu une irrépressible envie d'écrire. D'abord, j'ai modifié les paroles de la Java Bleue ainsi, dans ma tête, puis je les ai écrites :

C'est l'histoire de nous deux
La chanson la plus belle
Celle qui nous ensorcelle
Une histoire à laquelle j'ai envie d'croire
Au premier regard
Mon cœur ne pouvait voir
Que son amour sa beauté et ses yeux
C'est l'histoire de nous deux

J'étais assez contente de moi et chaque fois que j'entendais La Java bleue, je fredonnais ce refrain dans ma tête. C'était en 62. Puis quelques mois plus tard, alors que j'étais en train de traire notre dernière vache Marguerite, me sont venues à l'esprit des rimes qui pourraient faire un poème, ou une chanson peut-être. Je me suis dit que je n'arriverais jamais à retenir, qu'il fallait vite que j'écrive, mais je ne pouvais pas lâcher ce que j'étais en train de faire. Alors, comme quand on avait des poésies à apprendre à l'école, je me répétais mes rimes, pour ne pas les oublier et pouvoir les mettre sur papier plus tard, quand je pourrais, parfois je les oubliais, prise dans mes activités du train-train quotidien. J'avais écrit « J'irai valser », en dix minutes. J'avais aussi écrit des rimes qui avaient terminé à la poubelle. Celles qui me plaisaient assez, je les cachais dans ma boîte fétiche. Aujourd'hui j'avais aussi des rimes qui me venaient, pour une fois que j'étais à la maison, fallait que je les écrive de suite. L'Amour m'avait inspiré, mon chagrin m'inspirait encore plus.

On en est tous au même point
On a des doutes et des chagrins
De ces secousses qui perturbent nos lendemains
Et continuer à rêver
À s'accrocher à ce qu'on est
À ce qu'on a
Sans pouvoir abandonner

Les jours se passent et se ressemblent
Comme des impasses de murs qui tremblent
Garder sa place, vouloir oublier nos manques

On en est tous au même point
Faire comme si tout allait bien
Encore poursuivre ce faux chemin
Faire comme si on avait choisi
Faire comme si on avait choisi
Faire comme si, faire comme si

Savoir cacher nos regrets
Ou plus encore nos remords

Et avancer, se protéger
Ne pas blesser
Garder pour soi
Ces mots tirés
À bout portant
Dire qu'il fait beau
N'importe quoi
Écraser notre mémoire

Et prendre un mal pour un bien
Et admirer c'est certain
Ceux qui savaient
Quelle était leur destinée

On en est tous au même point
Faire comme si tout allait bien
Encore poursuivre ce faux chemin
Faire comme si on avait choisi
Faire comme si on avait choisi
Faire comme si

Et puis sourire, doucement
Et puis rire, consciemment
Se recouvrir patiemment
De l'armure qui nous manque tant

Se réveiller, s'en sortir
Et résister, aux plaisirs
si détournés de ce mal qui nous détruit

Être enfin sûr de ses choix
De ses blessures de ses combats
Avoir l'allure de quelqu'un qui n'regrette pas

On en est tous au même point
Faire comme si tout allait bien
Encore poursuivre ce faux chemin
Et il faut bien s'en sortir
Réussir à choisir
Il faut bien devenir
Celui qui prendra en main
Sa vie et son destin.

Je me relis, me dis que j'aurais des petites modifications à apporter pour que ce soit mieux. Je ne sais pas d'où ça me vient, j'arrive à trouver des rimes à une vitesse ! Je m'épate moi-même. Je cherche des mots dans le dictionnaire Larousse que j'avais eu en cadeau pour mon certificat d'études. Ça ne m'apporte rien d'écrire, à part un peu de fierté personnelle. Je n'en parle pas à Pierre bien évidemment. Je regarde l'heure. J'ai rendez-vous chez le médecin à seize heures pour un rappel de vaccin pour Nathalie. Je ferme à regret ma parenthèse d'écriture pour retourner dans le quotidien fastidieux. Je suis pressée d'avoir de nouveau le temps d'écrire, j'aime tellement ça. Ceci dit, aujourd'hui est une grande première, je vais conduire toute seule, emmener moi-même ma fille à Jonzac, en conduisant, rendez-vous compte ! J'enfile à Nathalie son joli manteau offert par sa tante Claudine, sa marraine. J'avoue que ça m'arrange bien qu'elle gâte sa filleule comme ça. Je demande à mon beau-père si je peux emprunter la voiture de Claudine. Il me félicite d'avoir obtenu mon permis de conduire et me demande pourquoi je ne prends pas la 203. Je lui réponds qu'il connaît son fils comme moi. Il fronce les sourcils et m'attrape les clés de la 2 cv avec un sourire sarcastique. Je m'emmêle un peu les pinceaux au départ avec les vitesses mais quand on sait conduire un tracteur on sait conduire une 2 cv !

Docteur Scrafer, ponctuel comme toujours, ausculte Nathalie sous toutes les coutures, me rassure en me disant que tout va bien, lui injecte rapidement le vaccin, ce qui provoque quelques pleurs bien entendu et nous raccompagne à la porte comme à son habitude. Nathalie grimpe dans son siège, je reprends ma place derrière le volant. Je regarde l'église, puisque le cabinet du médecin est juste en face. Je me remémore le jour où je m'étais cachée dans la ruelle juste derrière, lorsque j'avais dit à Jean que j'allais me marier. Une idée saugrenue me traverse soudain l'esprit. Il faut que je sache, que j'aille à Pons, que je passe devant le magasin de ses parents, peut-être que je l'apercevrai, on ne sait jamais. Je serais soulagée de voir qu'il est vivant tout simplement, j'ai besoin de savoir, j'ai soudain un besoin impérieux de lui parler. Je regarde ma montre, ma toute première montre que Pierre m'a offerte au dernier Noël. Vu l'heure qu'il est j'ai le temps d'y aller, de revenir sans que Pierre ne s'en aperçoive. J'aurai juste à dire à mes beaux-parents que le médecin a eu une urgence et qu'il avait beaucoup de retard. C'était le moment idéal. Ça ne se représenterait peut-être pas de sitôt. J'en ai rêvé tellement de fois que j'ai du mal à réaliser qu'aujourd'hui j'en ai la possibilité. Que je ne rêve pas. J'hésite, me triture l'esprit, réfléchis trois minutes. S'il m'arrive quelque chose, que dirais-je à Pierre ? On ne sait jamais, si j'ai un accident, si je tombe en panne ? Finalement je prends la direction de Pons, la boule au ventre certes, mais j'y vais. Mon Dieu, qu'est-ce que je fais ? J'ai envie de faire demi-tour, de rentrer bien sagement, en même temps j'ai une envie irrépressible de ne pas rater cette occasion. Je file sur la route. Enfin, je file lentement, prudemment, très prudemment même pour ne pas risquer l'accident. Nathalie s'endort, la visite chez le médecin l'a fatiguée. C'est dans un état de nerf intense que j'arrive enfin à Pons. Jean m'avait expliqué où se trouvait la rue de Cognac. Je n'avais pas besoin de monter ces énormes côtes étroites qui mènent au centre-ville, tellement étroites que croiser un autre véhicule est compliqué. Je passe la voie ferrée, prends la rue à droite, voit le petit panneau route de Cognac. Mon cœur bat à tout rompre. J'avance lentement. J'ai parcouru environ trois cents mètres lorsque j'aperçois quelques vélos sur le trottoir. Ça ne peut être que là. Je me gare sur la droite, quelques mètres avant le magasin. Je ne sais pas si je vais avoir la force de descendre. Je me retourne pour regarder Nathalie qui dort à poings fermés. Bon sang, elle va se réveiller quand je vais fermer la porte… et puis je ne peux pas la laisser toute seule dans la voiture, imaginez que quelqu'un la prenne. Je me cherche des excuses pour ne pas y aller oui ! Maintenant que j'étais là il fallait que j'aille au bout. Je verrai la voiture de devant le magasin, je pourrai surveiller et puis ça allait prendre peu de temps. Je ferme la portière le plus doucement possible. Écrit en gros « Chevalier Père et fils » au-dessus de la boutique, peint en noir sur le bois couleur bordeaux. Je m'avance et aperçois un homme en bleu de travail à travers la porte vitrée. Il est affairé autour d'un vélo. Je pousse la porte, une sonnerie se met en branle, comme à la boutique de Mme Rossi. L'homme a l'air sympathique. Plus brun que son frère, un peu moins grand mais plus fort. J'étais frappée malgré tout par la ressemblance dans l'expression de leur regard. Lui avait les yeux marron mais la même gentillesse dans les yeux.

— Bonjour monsieur, commencé-je d'une voix peu assurée.

— Bonjour madame.

Il me regarde, attend que je lui donne la raison de ma présence, doit se demander pourquoi je ne ferme pas la porte que je tiens toujours. Je me dandine, il doit me sentir nerveuse…

— Oui, qu'est-ce que je peux faire pour vous ma p'tite dame ? me demande-t-il gentiment ?

— Est-ce que Jean est ici s'il vous plaît ?

Il me regarde avec surprise.

— Jean ? dit-il. Jean, mon frère ?

Je hoche la tête, je me sens bête, timide, j'ai la boule au ventre, je jette un œil par la vitre pour regarder la 2 cv. L'homme sent mon trouble et me répond :

— Jean n'habite plus ici, il a été embauché à la laiterie du Mazeau en Vendée, il est parti là-bas avec sa fiancée.

Parti, fiancée, parti, fiancée… voilà, tout est dit en deux secondes, mon cerveau a du mal à assimiler et mon cœur se fend une fois de plus comme une feuille de papier journal qu'on déchire.

— Ah, d'accord, d'accord…

Je ne sais pas quoi balbutier.

— Vous étiez amis ? me demande son frère.

— Heu oui, comme j'étais dans le coin je passais juste prendre des nouvelles.

Que dire à part ça ?

— Et bien quand je le verrai je lui passerai votre bonjour… de la part de ? dit-il en m'observant un peu plus.

— Jeanne, dis-je reculant pour repartir.

Je veux juste dire au revoir et me précipiter à l'extérieur. J'entends juste :

— Ah c'est vous ?

Je n'ai même pas la force d'envoyer un sourire forcé, un au revoir merci et je détale comme un lapin. Je me précipite dans la voiture, Nathalie devait juste se réveiller, elle me regarde avec ses billes bleues, me lance un « Maman » interrogatif. Je lui réponds que maman est là et que nous allons rentrer à la maison.

Je suis vide, vidée. Je n'arrive pas à démarrer, j'ai peur de noyer le moteur, fort heureusement cette satanée voiture accepte de partir. Le paysage défile, je suis perdue dans mes pensées. Il avait parlé de moi. Il avait parlé de moi, au moins à son frère. À qui d'autre ? Son autre frère et ses sœurs devaient être au courant alors ? Cela me faisait tellement plaisir qu'il ait parlé de moi. Il m'avait vraiment aimée alors ? Le sentiment qui suivit fut moins agréable. S'il avait parlé de moi, vu que les gens parlent beaucoup, cela ne risquait-il pas de revenir un jour aux oreilles de Pierre ? Avec les voitures maintenant, il n'y a pas que les gens qui voyagent. Les paroles aussi.

8 JANVIER 1972

Nathalie est en train de faire ses devoirs sur la table de la cuisine. Je l'aide un peu mais globalement elle se débrouille déjà très bien toute seule et tant mieux parce que j'ai pas trop de temps ! Le cheptel a augmenté, dix vaches dorénavant. De plus, on élève des veaux pour en faire des vaches à viande en plus des vaches à lait. On a maintenant quatre hectares de vigne à s'occuper et quinze hectares de champs, en fermage bien sûr. L'argent rentre un peu mais repart si vite. Il nous manquait tellement de choses. On a quand même acheté une télévision. C'est pas que Pierre était réjoui par l'idée, ça lui allait bien qu'on descende chez les Boutard regarder La Piste aux Étoiles les samedis soir ! C'est vrai que c'était fort sympathique, Odile nous faisait des crêpes ou un gâteau, on papotait toutes les deux pendant que Pierre discutait avec Léon. En automne nous en profitions pour énoiser ensemble. Avec la naissance de Nathalie nous avons passé un certain temps sans y aller. Puis j'ai réussi à persuader Pierre d'en acheter une, lui disant qu'au moins, il verrait les informations, lui qui aimait bien être au courant de ce qui se passait dans le monde, quoi de mieux que la télé ? Et puis ma fille n'allait quand même pas être la seule enfant de l'école à pas avoir la télé chez elle, non mais dis. À chaque fois que je regardais son visage, je remerciais le ciel qu'elle n'ait pas de traces de cette énorme brûlure. Un jour de 1969 alors qu'elle n'avait que quatre ans et qu'elle avait très faim, elle avait voulu attraper son bol de lait que j'avais posé trop près du bord. Il était encore bouillant. J'avais cru défaillir. Je l'avais pas anticipé ça. Moi qui pense toujours aux malheurs qui pourraient arriver. Par chance Pierre était dans les parages à ce moment-là. Les cagouilles ont pas eu le temps de grimper aux roues de la 203. Le docteur Scrafer a sauvé le visage de Nathalie. La pauvre chérie a eu des gazes sur le visage pendant trois mois. Il ne fallait pas qu'elle se touche la figure et on la gardait le plus possible sur nos genoux. Mon Dieu, je n'ai jamais trouvé le temps aussi long. Jusqu'à ce que je voie sa peau lisse et rose comme avant, j'ai vécu comme en apnée. Ah être parent… un métier supplémentaire qui nous donne des joies mais aussi des sacrées sueurs froides.

Aujourd'hui, j'ai mis un lapin au four, lapin de mon élevage bien sûr, avec un peu de moutarde dessus, on va se régaler. J'entends la fourgonnette du facteur. Il ne s'arrête pas tous les jours chez nous, heureusement d'ailleurs parce que ras le bol des factures. J'entends la portière claquer, signe que M. Dupuis nous amène du courrier. Je l'entends siffloter tandis qu'il s'approche de la maison. Nathalie l'entend aussi et me demande si elle peut aller à sa rencontre.

— Ben non ma chérie, il fait trop froid dehors, il arrive de toute façon.

Comme à son habitude, il frappe deux petits coups rapides à la porte et ouvre aussitôt.

— Bonjour mesdames, dit-il en faisant un petit clin d'œil à Nathalie, c'est le facteur ! Nathalie tend la main pour attraper le courrier, j'aperçois deux lettres. M. Dupuis est déjà reparti.

— Maman, il y a une lettre pour toi !

— Ah bon ma chérie, fais voir.

Les lettres sont en majorité au nom de Pierre. Mon cœur fait un bond dans ma poitrine lorsque j'aperçois l'écriture sur l'enveloppe. Sept ans que je n'ai pas vu cette écriture mais je la reconnaîtrais entre mille. J'arrache la lettre des mains de Nathalie qui me regarde avec surprise, elle qui n'est habituée qu'à de la douceur de ma part. Je me reprends, il ne faudrait pas qu'elle raconte ça à son père.

— Ah mais c'est une lettre de ma vieille amie Marinette, je suis très contente parce que ça fait longtemps qu'elle ne m'a pas écrit et c'est sans doute pour nous souhaiter une bonne année, on a tout le mois de janvier pour souhaiter la bonne année.

— Elle habite où Marinette ? me demande-t-elle de sa petite voix enfantine.

Punaise, les enfants et leurs questions…

— Elle habite, heu, dans les Deux-Sèvres.

Si jamais elle en parle à son père je pourrai toujours dire que c'était Evelyne, la femme d'un de ses copains d'armée et que Nathalie n'avait pas bien compris. Qu'est-ce que notre cerveau fonctionne vitesse grand V quand on a des urgences ! Mon urgence maintenant est de lire. Je file dans la chambre de Nathalie en espérant qu'elle ne me suive pas. Cette fois, je déchire l'enveloppe pour aller au plus vite.

Jeanne,

Tout d'abord, je te souhaite mes meilleurs vœux pour cette année 72. Mon frère ne m'a appris qu'à ce dernier Noël, qu'il y a trois ou quatre ans, tu étais passée à Pons pour me dire le bonjour. J'étais contrarié qu'il ne me l'ait pas dit plus tôt mais on s'est peu vus et il n'y avait plus songé. Il t'avait donc appris que j'étais parti en Vendée. En effet, peu après la dernière lettre que je t'avais envoyée, ma femme étant originaire du marais poitevin, je me suis fait embaucher à la grande laiterie du Mazeau. C'était une laiterie moderne dans laquelle il était très plaisant de travailler. Elle a fermé il y a deux ans et j'ai pu être embauché à la laiterie de Maillezais qui n'est pas très loin, fort heureusement nous n'avons pas eu besoin de déménager. Tu vois, finalement les chemins de fer ce n'était pas pour moi, j'aurais passé ma vie dans le lait et les fromages ! J'ai deux garçons, Franck né en 66 et Christophe, né en 68. J'aimerais bien que tu me donnes de tes nouvelles. Je sais que tu as une fille car au mariage de ma cousine Annie qui a eu lieu à Pons l'année dernière, il y avait M. et Mme Thomas qui habitent à St-Maigrin et qui connaissent tes beaux-parents. Le monde est petit comme on dit.

Voici mon adresse, si tu veux bien me répondre :
M. Jean Chevallier
Route de l'église
85420 St-Sigismond

Il est vivant, il va bien, c'est déjà énorme de savoir ça. J'avais souvent envie de retourner à Pons demander des nouvelles à son frère ; je me sentais déjà illégitime avant alors plus les années passaient, plus je me disais que son frère aurait trouvé ça ridicule, non ? Jean avait une vie, une femme, des enfants. Enfin je savais. Car il aurait pu être mort que j'en aurais rien su. Parfois, lorsque je repensais à lui, je me disais que finalement, c'était un peu comme s'il était déjà mort. Pas de nouvelles, pas de contact, pas de personnes intermédiaires pour m'en parler, juste des pensées, juste sa présence dans mon cerveau, dans mes souvenirs. La même chose que pour ma mère en fait. Il était devenu un souvenir, un souvenir qui m'envahissait parfois, qui faisait que soudain mon regard partait dans le vide, que soudain mon sourire s'effaçait. Un souvenir tendre et douloureux à la fois. Dix ans déjà que l'on s'était rencontrés. Je trouvais étonnant que malgré les dix ans passés, son souvenir soit aussi vif à mon esprit. Je n'avais qu'à fermer les yeux pour me retrouver au bord de la Seugne avec lui. J'étais contente que le temps ne nous vole pas nos souvenirs.

Tout en épluchant les carottes que j'allais faire bouillir en rondelles, je concoctais la réponse en silence :

Jean,

C'est vraiment un plaisir d'avoir de tes nouvelles. Je te souhaite également mes meilleurs vœux pour cette nouvelle année 72 qui j'en suis sûre sera très belle. Je suis tellement soulagée que tu ailles bien, félicitations pour tes deux fils. Ma fille Nathalie est aussi née en 65 et elle m'apporte beaucoup de joie. Je travaille avec Pierre mon mari, nous élevons des vaches, avons des vignes et des champs. J'ai tellement pensé à toi si tu savais, j'en ai eu tellement mal de penser à toi. En même temps tu as tellement embelli ma vie sans le savoir, je croyais aimer Pierre quand je t'ai rencontré et en quelque sorte je l'aimais... d'une autre manière. Mais toi, toi, qu'est-ce que tu m'as fait pour me tourner la tête comme ça, j'étais un champ de fleurs, tu étais le soleil, la pluie, la brise, tu étais ma montagne j'étais la neige, tu étais l'océan j'étais l'écume, tu étais la pluie et moi le désert... Et tu sais, maintenant je mets des pantalons, comme les hommes, et ben qu'est-ce que c'est bien de plus avoir de collants toute une journée. Et je conduis toute seule depuis que j'ai le permis. J'ai pu me payer une Simca 1300 en économisant sur la vente de lait, c'est bien non ? Je suis une très bonne cuisinière, tu goûterais mes ragoûts de veau que tu en tomberais à la renverse. Je fabrique moi-même des cadeaux pour ma fille pour ne pas trop dépenser. Je lui ai fabriqué un lit pour sa poupée pour Noël dernier, avec draps et couverture assortis. Je fais moi-même mes cartes de vœux aussi. C'est moi qui ai tapissé la chambre de Nathalie et qui ai repeint la cuisine...

Non, bien sûr que non je n'écrirai pas cela. Les premières lignes suffiront et ce furent elles seulement qui entrèrent dans l'enveloppe que je postai quelques jours plus tard. Je glissais quand même que ça me ferait plaisir de le revoir, tout en veillant à ne pas susciter de jalousie chez sa femme, au cas où elle lirait ma réponse. Lui avait-il parlé de moi ? Mais quel bonheur d'avoir de ses nouvelles, c'était comme une grosse bouffée d'oxygène. Cela me donna envie d'écrire. Jean m'avait comme insufflé une inspiration, depuis le début. Il me suffisait de penser à lui et les rimes me venaient à l'esprit. En dix minutes j'étais capable d'écrire une chanson. Pour moi c'était plus des chansons que des poèmes. Il me plaisait de me dire que ça pourrait être chanté. Je m'imaginais parfois que Gilbert Bécaud chantait mes écrits ! Ou Dalida ! Les airs me venaient à l'esprit mais j'étais incapable d'écrire des musiques. Je n'avais jamais appris la musique. Ça me libérait d'écrire, sans doute parce que je n'ai jamais parlé à personne de Jean. Personne, jamais. J'avais le sentiment de donner une existence à notre amour en écrivant. Les seules preuves mais que personne ne découvrirait jamais.

11 juin 1978

L'agrandissement de la maison est enfin terminé. Nous avons une vraie cuisine, une salle de bains avec baignoire et douche, toute carrelée en bleu. J'ai bien vérifié : l'ampoule est bien trop loin de la douche ou de la baignoire, personne ne s'électrocutera comme ce pauvre Claude François. Notre Cloclo. Mais qu'est-ce qui lui a pris grand Dieu. La France entière était retournée, quelle tristesse. Bref, c'est ainsi, même les célébrités ne sont pas à l'abri d'un accident. Et nous avons enfin des toilettes ! Nathalie ne sera plus obligée d'aller prendre sa douche chez mes beaux-parents (qui ont quand même rénové leur maison il y a peu) et je vais jeter cette bassine dans laquelle nous nous lavons depuis quinze ans, elle me sort par les yeux. Fini d'aller faire ses besoins dans le bois à côté, sans oublier le papier journal, avec le voisin qui passait toujours par là au mauvais moment ! Je suis trop heureuse, vive la modernité. Je me suis choisie du carrelage marron au sol, des placards de cuisine en formica jaune clair, une crédence avec des fleurs jaunes et vertes, de la tapisserie à fleurs marrons et beiges qui s'accorde avec tout le reste, un frigo encastré ainsi que le four, électrique, mon premier, une plaque à gaz et une hotte aspirante… le rêve… Le coin repas va être magnifique, une banquette d'angle en skaï et une table en bois faite par le menuisier en bois exotique qu'il nous a livrée hier. Je ne vais plus avoir honte de ma maison. J'ai acheté un joli meuble pour poser la télé dessus. Nous avons quand même ramené la gazinière à bois pour qu'elle chauffe la pièce l'hiver prochain. Je ne sais pas encore comment je chaufferai la salle de bains, je verrai ça en temps voulu. Nous n'avions pas assez d'argent pour que cet agrandissement ait un étage alors le toit est en fait une grande terrasse de laquelle nous avons une jolie vue dominante sur le bourg. Comme Edwige n'a que quatre ans, il va vite falloir que l'on mette une rambarde. J'ai demandé à mon beau-frère Gérard de m'en fabriquer une en fer forgé, ça va être du tonnerre ! En attendant, ça m'inquiète cette terrasse, Nathalie a treize ans donc ce n'est pas pour elle que ça m'inquiète mais pour Edwige. Si jamais elle échappait à ma vigilance, montait les escaliers extérieurs et tombait de là-haut… ma hantise du moment. Je m'imagine qu'elle tombe, pour conjurer le sort. Comme quoi, à tout bonheur on a le revers de la médaille, on peut jamais être tranquille d'esprit. Je les aime tellement mes filles. Elles sont tout pour moi. Puis d'ailleurs, je n'ai qu'elles. La naissance d'Edwige a été une véritable joie pour moi. Pierre, lui, a été déçu que ce soit encore une fille. Il aurait voulu un garçon, forcement. D'ailleurs, je vois bien qu'il n'est pas pareil avec Edwige qu'avec Nathalie. Pourtant, elle est si mignonne ma petite Edwige. Elle m'a redonné des forces, redonné le sourire. Mes filles, voilà tout ce qui compte. On peut pas dire que l'entente soit parfaite avec Pierre. Les années passant, il a vite été moins attentionné, enfin ça d'ailleurs ça a dû durer qu'une année… et encore, il était tellement occupé. Je peux pas lui en vouloir d'être travailleur, mais bon, y'a pas que ça dans la vie. Au début, j'étais fière qu'il soit aussi vaillant. Cette envie d'avoir plus (on partait de bien bas il faut dire), d'avoir mieux été rassurante, sécurisante. Mais à quel prix ? Au prix d'une routine exténuante. Si encore on partait en vacances. Mais Pierre n'aime pas partir d'ici. Je commence à lui dire qu'il est perdu s'il voit pas son clocher ! Il me répond qu'avec les vaches ce n'est pas possible de s'absenter. Un Noël dans les années 60 il nous a même fait partir tôt de chez les Rossi pour traire la seule vache qu'on avait… comme si Joséphine pouvait pas traire une vache ! Ce qu'elle m'avait proposé en plus ! On bosse, du matin au soir, tous les jours sauf le dimanche après-midi, où là on part quand même se balader un peu avec les filles si nous ne sommes pas invités à déjeuner. Nous vivons un peu mieux c'est sûr mais le projet de Pierre c'est d'être propriétaire et je ne peux pas lui en vouloir non plus, au moins on ne travaillera que pour nous et pas pour en redonner une partie aux propriétaires. Mais pour pouvoir acheter il faut de l'argent. Et pour avoir de l'argent faut travailler. Bref, un sacré cercle vicieux infini. Ça ne me déplaît pas le travail dans les champs, les vignes, les vaches, les lapins, les poulets, le potager… ce n'est pas déplaisant, c'est fatigant il faut dire ce qui est. D'autant plus que quand j'ai terminé il faut bien faire à manger, faire du ménage, s'occuper du linge, aller aux réunions d'école, aller chez le médecin, recoudre les chaussettes, faire la confiture, faire des conserves en été, faire en sorte que rien ne se perde. J'ai l'impression que mon cerveau est rempli sans cesse. Je sais bien qu'il en est de même pour Pierre. Pas de répit. C'est ainsi. Alors mes filles, mes filles sont mon seul bonheur maintenant, ma seule consolation, de ne pas avoir de distractions, de ne pas partir en vacances, de travailler sans cesse. Elles ont rerempli mon cœur. Je pense à Jean, souvent. Ce n'est même pas que je pense à lui, c'est plus que ça. C'est comme s'il était en toile de fond en permanence. Ou vous voyez, le jour on a le soleil, la nuit on a la lune. Ils sont là, en permanence, on ne les regarde pas, on n'y pense pas mais ils sont présents. Et bien Jean c'est comme ça. Il est mon soleil et ma lune. Ah tiens, ça me donne une idée pour écrire une chanson ça. Le problème c'est que si je n'écris pas aussitôt, j'oublie mes idées. Parfois elles me reviennent mais le plus souvent je n'arrive pas à les retrouver telles qu'elles m'étaient venues à l'esprit. Et là je ne peux pas écrire. Nous sommes dimanche, c'est notre premier déjeuner dans notre nouvelle cuisine, je suis en train de préparer un gâteau au chocolat pour fêter ça ! Il faudra que je demande à Pierre si la France a gagné le match hier ; ce bazar… Les deux équipes avaient des maillots blancs, trois quarts - d'heure pour trouver d'autres maillots pour l'équipe de France : le match a commencé en retard et nos bleus ont joué en vert ! Bon ils étaient déjà éliminés, c'était un match pour sauver l'honneur à ce que j'ai compris, on ne sera encore pas champions du monde, donc c'était un moindre mal mais bon, ça a dû être un beau capharnaüm ! Certains ont dû se faire tirer les oreilles !

Nous trouvons nos places à notre nouvelle table, Pierre face à la porte, Nathalie au bout à sa droite, moi en face de lui et Edwige à sa gauche. Nous avons l'impression d'être au restaurant mais non, c'est chez nous, l'odeur du neuf règne encore, mélangée au lapin à la moutarde et au gâteau au chocolat. Les filles sont ravies, c'est comme un jour de fête.

Je passe l'après-midi à terminer de ranger mes nouveaux placards, les filles sont enchantées de m'aider. C'est quand même bien quand la vie s'améliore matériellement mais je vous assure que c'est bien mérité !

Ce soir aux informations sur la une, nous apprendrons que la Renaud a remporté les 24 heures du Mans devançant Porsche, que le suédois Bjorn Borg a remporté les internationaux de France à Roland Garros (ce dont je me fiche complètement) et que… incroyable… les Américains ont réussi, dans l'espace, à faire basculer sur lui-même le Skylab… un truc de quatre-vingts tonnes… qui aurait pu se désintégrer et arriver sur Terre en mille morceaux… ça me sidère ça. Déjà, le foin qu'ils ont fait en 69 quand ils ont envoyé un homme sur la lune. À quoi ça va nous servir ? Ne peuvent-ils pas garder tout cet argent pour des choses plus utiles ? Je ne comprendrai jamais.

Avant de m'endormir, allongée dans mon lit, je couche sur le papier mes idées de tout à l'heure :

De tout en haut tu me vois, je te regarde sans savoir
Visible et invisible, je te sens invincible

De tout en bas je te vois, je te regarde ou pas
Je sens ton rayonnement ta présence constamment

Le jour c'est ta lumière qui me fait me lever
La nuit c'est ton mystère ta luminosité

Qui embrase mes rêves qui m'emmène dans la brume
Pourquoi est-ce que tu brûles, à quand le crépuscule

J'aime ton ciel azur et ta clarté lunaire
L'aurore me fait sourire la nuit me fait pâlir

Que faire pour te plaire dans ton monde si solaire
Parfois si aveuglant au rouge de ton couchant

Je te sens je te vois
Tu es si loin de moi
Je te sens je te vois
Tu es si près de moi
Mon soleil et ma lune
C'est toi
Je te sens je te vois
Tu es si loin de moi
Je te sens je te vois tu es si près de moi
Mon soleil et ma lune
C'est toi c'est toi c'est toi

Juin 1978

7 OCTOBRE 1980

Je me dépêche, il faut que j'aille préparer le repas. Un repas pour neuf personnes ça ne s'improvise pas comme ça. Les vendanges ont commencé ce matin. Je suis partie à six heures pour aller chercher cinq vendangeurs espagnols dans le Bordelais. Ils ont terminé les vendanges là-bas, maintenant ils viennent en Charente. Déjà dix ans que nous accueillons Andora et son mari Emilio, Juan leur fils, Manuel et Isadora. J'emmène le tracteur avec un tombereau vide, je vendange jusqu'à environ dix heures, je repars avec le tombereau plein et je m'occupe de préparer le repas. Comme tous les ans, Pierre a préparé les seaux, les hottes, les sécateurs, a vérifié le fonctionnement du pressoir dans le chai chez ses parents. Il a passé les tombereaux à grande eau pour les nettoyer. Il a aussi nettoyé les cuves dans lesquelles nous stockons le jus de raisin en attendant qu'une boîte de Cognac vienne le chercher dans ses grands camions citernes. En croisant les doigts pour que le prix de l'hectolitre soit correct. Pour ma part j'ai fait le ménage dans ce qu'on appelle « la salle des vendangeurs ». Cette pièce se trouve dans une dépendance à vingt-cinq mètres de la maison, près de l'endroit où nous stockons nos barriques de cognac et de l'atelier de Pierre. Nous avons fixé mes anciens placards de cuisine bleus, il y a une cheminée pour chauffer et une vieille gazinière. Nous avons fait une grande table avec des planches sur des tréteaux et mettons nos vieux bancs en bois. Je fais la navette entre ma cuisine et cette pièce pour réussir à nourrir tout le monde. Après une année très très pluvieuse partout en France, du mauvais temps quasiment tout l'été, nous savons que la récolte ne sera pas très bonne. Le raisin n'a pas assez vu le soleil. En Champagne ils ont gelé en juillet, en Bourgogne aussi. Incroyable. Il y a eu des inondations dans plusieurs départements. Les commerçants, les restaurants ont eu une sale saison avec cet été pluvieux. Le moral est dans les chaussettes partout ! Et bien évidemment c'est aujourd'hui qu'il est là, le soleil, le jour où on va commencer à couper les grappes… non mais j'vous dis. C'est mieux pour les vendangeurs mais c'est trop tard pour le raisin. On a eu la poisse toute l'année de toute façon. La récolte de blé n'a pas été terrible, celle de maïs non plus, les tournesols non plus, bref c'est la mouise. Bosser autant pour pas grand-chose, faut être accrochés. Parce qu'il faut bien payer le loyer pour les champs, pour les vignes, on a pris quelques hectares supplémentaires. On peut gagner plus mais faut payer plus, bien sûr. Quand les récoltes sont bonnes, ça va… mais quand elles sont pas bonnes… Heureusement qu'on n'est pas du genre à tout dépenser mais ça part vite. Dire que cette année pour l'anniversaire d'Edwige je n'ai pu lui offrir qu'une voiture Majorette, ses six bougies posées sur un tourteau fromager. Ça m'a rendue malade. Il faut passer au-dessus de ça aussi. Continuer à se lever tous les matins, continuer à tout faire. En dépit de tout ce qui vous colle le mal au ventre, de tout ce qui vous donne des migraines. Ne jamais arrêter de travailler. Ne jamais arrêter de préparer les repas, de s'occuper des enfants, du linge, du ménage, des lapins, des poulets, des beaux-parents. Pas d'arrêt de travail pour nous. Aujourd'hui je me raisonne en me disant que des gens vivent des situations plus dramatiques que nous : il y a trois jours, il y a eu un attentat à Paris, rue Copernic, contre une synagogue. Quatre morts quand même. Non mais c'est fou, aller s'en prendre aux juifs, après tout ce qu'ils ont subi durant la guerre. J'y comprendrai jamais rien à ce monde, à cette méchanceté gratuite, à cette haine de l'autre, comme si la Terre n'était pas assez grande pour tout le monde. Pour l'heure il faut que je m'active, j'ai des patates à peler, de l'ail, deux rôtis à faire cuire, passer des haricots verts à la poêle, préparer de la salade verte, faire des flans, mettre le couvert, couper le pain… Et une fois le repas terminé, me dépêcher à tout ranger, retourner dans les vignes vendanger aussi et penser à ce qu'on va manger ce soir. Heureusement que j'ai préparé leurs lits à l'avance. Les trois chambres de l'étage sont sommaires mais suffisantes pour les héberger.

Edwige revient de l'école à 16h45. J'ai une surprise pour elle. Je lui ai acheté le quarante-cinq tours de Chantal Goya qu'elle voulait tant, Bécassine. Elle va être tellement contente. Pour ne pas faire de jalouse, j'ai pris « Reviens » de Hervé Vilard pour Nathalie. C'est pas qu'on a les moyens d'acheter des choses inutiles… Presque vingt francs pour deux disques. Je vais éviter de le dire à Pierre sinon il va encore rouspéter.

Février 1988

Se réveiller. Enfiler une chaussette. Puis l'autre. Enlever ma chemise de nuit. Mettre mon soutien-gorge, m'embêter pour réussir à enfiler ces satanés crochets. Me rasseoir pour mettre mon pantalon. Je me recoucherais bien. Enfiler mon maillot de corps. Ouvrir mon armoire pour attraper un haut à manches longues. Boutonner ce foutu pantalon qui a dû rétrécir. Mettre le même pull qu'hier. Me diriger vers la porte. Traverser cet horrible salon dont le parquet sombre me sort par les yeux. Entrer dans la cuisine. Aller jusqu'à l'évier pour me passer les mains sous l'eau, ça me réveille un peu. Me pencher pour ouvrir le placard et prendre un bol. Me servir du café encore chaud. Voir que le pain et la confiture sont encore sur la table. Il est déjà embauché depuis une demi-heure. Pain grillé ? Non, pas envie de sortir le grille-pain, de le brancher… et de le ranger après. Ouvrir le frigidaire, sortir le beurre, ouvrir le tiroir, prendre un couteau. M'asseoir. Couper une tranche de pain. J'ai déjà plus de force. Beurrer ma tartine. Il a trop serré le couvercle du pot de confiture, je peine à l'ouvrir. Je souffle. Je « buffe » comme il dit. Mâcher, mâcher… j'ai l'impression que ce pain a de moins en moins de goût, ou c'est la confiture qui est moins bonne que d'habitude. J'ai pourtant fait comme tous les ans. Seul le café me réconforte, un peu. Edwige vient de se lever et entre dans la cuisine. Elle me fait un bisou sur la joue, comme tous les matins et tous les soirs. C'est trop furtif, ça ne dure pas assez longtemps. J'aimerais la prendre dans mes bras, la serrer fort ; impossible, ça me ferait pleurer. Elle avale vite fait un morceau de quatre-quarts, c'est tout ce qu'elle arrive à avaler le matin. Comme tous les jours d'école, enfin de collège puisqu'elle est en quatrième au collège d'Archiac, je ronchonne parce qu'elle ne mange pas beaucoup, elle aura faim à dix heures. Elle se sert un jus d'orange en me disant que ça ira. Je suis chanceuse au moins pour ça, mes filles travaillent bien à l'école. Nathalie a obtenu son BTS à vingt ans et a aussitôt trouvé du travail. Elle vient juste d'emménager avec son amoureux, François. Nous l'adorons tous François. D'abord il est agriculteur aussi, alors avec Pierre c'est plus facile, ils ont de quoi parler. Il est de bonne famille et s'entend bien avec tout le monde. Je sais qu'elle est entre de bonnes mains mais c'est dur tout de même que ma grande fille soit partie. J'ai beau me dire que c'est le cheminement logique de la vie, mais nous ne sommes plus que trois au lieu de quatre à la maison. Ça fait un vide, un vide de plus. Finalement, heureusement que j'ai eu Edwige bien plus tard, au moins elle est là pour encore quelques années.

— Maman tu m'emmènes ce matin ou pas ?

— Oh je suis pas prête ma chérie, tu as le temps de descendre à pied.

Je ne lui disais jamais ça avant, je n'ai jamais refusé d'emmener mes filles à l'arrêt de car, surtout en hiver. Mince, elle va finir par s'apercevoir de quelque chose. Cette pensée ajoute du sombre à mes idées déjà noires. Edwige repasse la tête par la porte.

— Ah, maman, tu vas faire des courses aujourd'hui ?

— Je sais pas ma chérie, pourquoi ?

— J'aimerais bien un disque de Jean-Jacques Goldman, ça s'appelle Là-Bas. Enfin, si tu peux bien sûr maman.

— Je vais voir ça ma chérie. Allez, file, tu vas être en retard.

Mettre mon bol dans le lave-vaisselle. Passer l'éponge sur la toile cirée. Vider la poubelle. L'emmener dans le garage. Aller jusqu'à la salle de bains me laver les dents. Ne pas supporter l'image que le miroir me renvoie. Observer mes cheveux ternes, mes rides, mon double menton. J'en ai pris des kilos. J'avoue que je mange, trop sans doute. J'ai la sensation que ça me remplit. Ça remplit peut-être un vide mais ça remplit pas mon moral de satisfaction. Je ne sais même pas si Jean me reconnaîtrait. Mais à quoi bon y penser. Mes pensées retournent à Jonzac le 22 juillet 1962, j'ai l'impression de sentir l'odeur de l'herbe, de la Seugne. J'y suis retournée, une fois. Le tronc d'arbre sur lequel nous nous étions assis n'était plus là. Je suis restée plantée là, une bonne dizaine de minutes à essayer de retrouver ces sensations d'exception que j'avais ressenties ce jour-là. C'était ça le bonheur ? C'était ça et je suis passée à côté ? J'essaie de me pardonner de ne pas avoir eu de cran, d'audace. Je me trouve mille excuses. Mais à quoi bon se torturer l'esprit, à quoi bon se torturer le cœur. Il se torture tout seul de toute façon, que je le veuille ou pas. Je n'avais pas envie de partir. Et puis je me suis rappelé que j'étais venue à Jonzac pour acheter du produit pour traiter les lapins contre la myxomatose. Le vétérinaire se trouvait maintenant en haut de la rue de Verdun, tout près de là où… J'y passais souvent. Il m'est même arrivé d'y passer et ne pas penser à ce jour, à lui. J'étais avec Edwige qui devait me parler à ce moment-là. Ce n'est qu'arrivée à la maison que j'ai réalisé que j'étais passée à cet endroit sans penser à lui. Je me suis dit que j'étais guérie de lui. Cicatrisée.

Huit heures trente. Enfiler une grosse paire de chaussettes. Les bottes. Mettre un premier manteau. Puis un deuxième. Ouvrir la porte du garage, bon sang elle est de plus de plus lourde chaque jour on dirait. Monter péniblement dans la 305. Me rendre compte que je n'ai pas attrapé les clés.

Arriver aux vignes. Tirer les bois jusqu'à onze heures quarante-cinq. Ma main droite commence déjà à me faire souffrir à force d'appuyer sur le sécateur. Je me prends régulièrement un bois dans la figure. Pester contre ces foutus bois de vignes et contre le froid. Retourner à la maison. Ouvrir le frigo. Sortir des côtes de porc et ouvrir un bocal de haricots verts. Peler un peu d'ail. Me rendre compte que je n'ai plus de gaz. Remettre un manteau pour aller changer la bouteille. Peiner à mettre la bouteille pleine, courbée en deux. Remettre les guenilles avec lesquelles j'entoure la bouteille de gaz pour ne pas qu'il gèle.

Faire chauffer de la soupe, heureusement il en reste d'hier. Pierre ne peut pas faire un repas sans soupe depuis son ulcère à l'estomac. Mettre deux assiettes sur la table, les couverts, le sel, le dessous de plat. Entendre Pierre arriver.

— C'est pas prêt ? Faut que je sois chez Lucien à 13 h 15, on va voir un élévateur d'occasion à Angoulême.

Laver la poêle et la casserole. Passer un coup d'éponge sur la toile cirée et un coup de balai. Renfiler mes manteaux, remonter dans ma voiture, retourner dans les vignes. Tirer les bois encore, que ces rangs de vigne sont longs. N'entendre que quelques voitures passer au loin de temps en temps. Personne dans les vignes les plus proches. Personne dans les champs non plus. Seule. Mais bon, j'ai l'habitude. Ça ne me dérange même plus. Ça fait tellement longtemps que je suis seule. Je n'ai que moi comme compagnie. Que moi-même à qui parler. Ressasser avec moi-même. Ruminer tout ce que Pierre peut me dire de désagréable. Changer le canapé ? Tant qu'on peut s'y asseoir pourquoi changer ? Changer la tapisserie de la chambre ? Ben si tu y tiens tu te débrouilles. Inviter des amis à déjeuner ? Pour quoi faire, j'aime pas parler. Changer le bureau de place ? Sûrement pas, il a toujours été comme ça il va rester là. Agrandir la maison pour avoir une salle à manger digne de ce nom ? Trop coûteux et sans intérêt. Changer la chambre à coucher ? Inutile, le bois tient encore. On sent les ressorts du matelas ? Et alors, quand on est vraiment fatigué de sa journée de travail, on dort ! Partir en vacances ? Aucune raison valable à cela. Même deux jours ? Ben du coup ça vaut pas le coup. Avant c'était à cause des vaches, maintenant à cause de ses parents. Marcel a la maladie de Parkinson et ne peut presque plus marcher tout seul. Joséphine le soutient mais l'autre jour il est tombé. Pierre était à son atelier en face, heureusement, pour l'aider à se relever. Alors c'est plus possible de partir. C'était pas possible avant de toute façon… Travailler, travailler et travailler encore. Encore et toujours. Certes, nous vivons un peu mieux depuis trois ou quatre ans. Mais il faut mettre de côté. Bon, pour ça je suis d'accord avec lui, faut économiser, on ne sait pas comment seront les années à venir. Le Cognac va-t-il continuer à bien se vendre ? Quand je vois le prix d'une bouteille dans les grandes surfaces je me dis qu'ils pourraient quand même nous payer plus. Le cours du blé, de l'orge, du maïs, du tournesol c'est pareil, ça bouge. « Les fluctuations » comme dit Pierre. Lui et ses grands mots.

Dix-sept heures, débaucher des vignes car Edwige va rentrer du collège. Je la récupère au bourg quand elle descend du car. Ça lui évite de monter la côte à pied avec son sac bien trop lourd. Heureusement qu'elle fait ses devoirs toute seule elle aussi, comme Nathalie. Ça fait déjà belle lurette que je pourrais plus l'aider. Elle prend son goûter puis elle file faire ses devoirs sans que j'aie besoin de lui dire. À dix-neuf heures, elle revient dans la cuisine, allume la télé pour regarder Santa Barbara. C'est aussi parce qu'il fait froid que je débauche aussi tôt, quand il fait meilleur je fais des plus longues journées. Mais là, faut que j'aille à Ozillac, à la pharmacie, chercher les médicaments pour Joséphine et Marcel. Après sept kilomètres, la nuit tombe, seule brille la lumière de la pharmacie dans ce petit bourg. Retrouver un peu de civilisation l'espace de quelques minutes dans cet endroit aseptisé et qui sent bon, les lumières blanches qui aveuglent presque, le pharmacien et son employée avec leur blouse blanche, leurs dents blanches et leur teint si clair et uniforme. Les rayons si bien rangés, remplis de toutes ces petites boîtes, toutes claires elles aussi. Pas une boîte de médicament sombre. De la clarté du sol au plafond. Faut croire que le clair soigne. Je repars avec les feuilles de soins et les médicaments, dans une poche blanche, retourne dans la nuit qui est bien là maintenant. Il est déjà dix-huit heures quinze. J'ai demandé à Edwige de peler les légumes pour faire le bouillon. J'emporte aussitôt les médicaments chez Joséphine. Elle est installée dans son fauteuil comme toujours, Marcel est fixé dans un autre fauteuil, devant la télé. Il n'en bouge plus. Devant lui sa tabatière et sa sempiternelle pipe. L'odeur du tabac se mélange à l'odeur du feu de la cuisinière à bois que Joséphine est la seule à nourrir maintenant. Pierre leur coupe du bois à la bonne dimension et quotidiennement j'en amène à proximité de la cuisine. Marcel a malgré sa maladie toujours ses yeux pétillants. Ce soir, après avoir déposé les médicaments, Marcel me regarde avec gentillesse et bienveillance et me dit :

— Il a de la chance Pierre de t'avoir.

Je reste sans voix, ne sachant quoi répondre à ce compliment soudain et inattendu. Les compliments, c'est plus que rare chez les Rocher. Cela a eu beau m'apporter une petite lueur de plaisir, ma sombre et morne vie a aussitôt repris le dessus. Repasser du linge, préparer la soupe, passer un coup de balai dans le couloir, préparer le potage, se demander ce qu'on allait manger pour compléter, faire une omelette à la dernière minute. Pierre était d'humeur massacrante, Edwige a même compté les points durant le repas. Quinze-quinze, quinze-trente… trente-trente… trente-quarante…

J'abandonnais, je déclarais forfait même. À quoi bon… Je ne savais même pas dans quel sport ils comptaient les points comme ça. En plus de la vexation des brimades et reproches, entendre ma fille compter les points me brisait encore plus. Ranger la vaisselle, passer un coup d'éponge sur le plan de travail, aller dans la chambre du fond faire les ourlets d'un pantalon de travail de Pierre. Neuf heures trente, embrasser Edwige et Pierre assis devant la télé. Pourquoi est-ce que je l'embrasse encore sur la bouche ? Par pur mécanisme installé depuis vingt-cinq ans. Son regard ne se détourne même pas de la télévision. Ça l'importune plus qu'autre chose. Rappeler à Edwige de ne pas se coucher trop tard. Traîner des pieds jusqu'à ma chambre. Enlever mon pull, mon pantalon qui m'a foutrement serré toute la journée, mon haut à manches longues, mon maillot de corps, sentir comme une libération lorsque je dégrafe mon soutien-gorge, enlever une chaussette, puis l'autre. M'allonger enfin dans mon lit, le seul endroit où je me sente bien. J'espère que je ne me réveillerai pas cette nuit. Deux heures à tourner virer, d'une à trois heures la nuit dernière. Je pense subitement que pour les fiançailles de Nathalie prévues en avril, la seule solution pour loger tout le monde à table sera d'enlever notre lit et de mettre des tables dans notre chambre, y’a que comme ça qu’on logera. Je m’endors, soulagée et contrariée en même temps par cette solution. Qui fait un repas de fête dans sa chambre ?

6 juin 1993

J'avais pensé pouvoir avoir n'importe quel cancer, mais pas celui-là. Une fois encore, c'était pas ça que j'avais imaginé. Quand je vous dis que c'est jamais ce qu'on a prévu qui arrive. Les résultats ne sont pas bons. La chimio n'a pas l'effet escompté. Vu comment ça me rend malade elle pourrait au moins me soigner un peu en contrepartie, parce que je vous jure que je déguste. Je sens bien que je m'affaiblis, j'ai perdu quinze kilos, mes cheveux tombent par poignées, je n'ai plus de sourcils. J'ai horriblement mal à l'estomac, j'ai du mal à tenir sur mes jambes. Mais que faire à part accepter. Subir. Comme si j'avais pas assez subi. Miel miel bordel de miel... En soit, quitter cette vie ne me fait ni chaud ni froid... pour moi. Pierre sentira juste la différence dans la cuisine... et pour son linge. Enfin j'dis ça mais il sentira la différence dans les vignes aussi avec une personne en moins. Faudra qu'il prenne un employé. Ou il me remplacera. J'ai bien vu son p'tit manège l'année dernière, les dimanches matin. Il se faisait beau et il s'en allait. Où? J'en savais rien et je lui ai rien demandé. Faut que je sois honnête, si ça me dérange c'est juste parce que ma fierté en prend un coup. Pour le reste... Bon, il faut bien dire que lorsqu'en janvier je lui ai annoncé pour mon cancer, quand même, il a accusé le coup. C'est jamais drôle comme nouvelle. Est-ce qu'il s'est demandé qui allait tirer les bois, attacher et relever dans les vignes? C'est peut-être pour ça en fait qu'il a accusé le coup. Il fait le mari parfait depuis. J'en viendrais presque à l'aimer bien... Mais bon, c'est surtout quand il y a du monde. Allez faire repousser un arbre mort vous... quand c'est mort c'est mort. Non, ce n'est pas pour Pierre que ça m'ennuie, c'est pour mes filles bien évidemment. Et puis y'a pas à dire, quand la peur de la mort arrive, c'est là qu'on a le plus envie de vivre. Quand je regarde par la fenêtre, j'observe ce que je vois au lieu de juste poser les yeux dessus comme on fait tous machinalement : les vignes me paraissent plus belles, plus vertes, le petit bois me semble plus charmant, les champs de blé sont plus jaunes que jamais, les prés qui donnent sur la rivière sont si bucoliques. Je me dis que je les ai vus plus souvent que je ne les verrai. Que dans quelques mois je ne verrai plus rien de tout ça. Alors tout ce que je fais prend une saveur différente. Je suis allée à Cognac le mois dernier et je me suis dit que c'était peut-être la dernière fois que je voyais cette ville, la dernière fois que je marchais dans son centre que j'affectionne, ses rues pavées, ces boutiques qui changent d'une fois sur l'autre. Que je ne passerais plus devant ce magasin de matériaux qui était auparavant une grande surface où j'emmenais les filles acheter les fournitures scolaires et les nouveaux vêtements pour la rentrée. Je réalise que je ne saurai pas si dans quelques années, ce sera une autre enseigne ou un immeuble ; je ne serai plus témoin des changements mais la vie continuera pour les autres. Il est dur d'être nostalgique du passé mais je vous garantis qu'il est encore plus dur de se dire qu'on ne sera pas témoin du futur. On le sait qu'on vieillit. Enfin, on le sent pas vraiment qu'on vieillit, on a l'impression d'être toujours la même personne, avec le même état d'esprit, la même mentalité, les mêmes pensées, le même vocabulaire. On voit bien dans le reflet du miroir qu'on a vieilli, mais comme on se voit tous les jours on n'a même pas ce sentiment. On ne se sent pas vieillir, c'est juste le calendrier qui nous le dit. Après, c'est pas qu'on est vieux, c'est qu'on est plus comme les jeunes. Ils n'écoutent pas la même musique, ils ne s'habillent pas pareil, ils ont des expressions de langage différentes. Même mes deux filles qui n'ont que neuf ans d'écart n'avaient pas les mêmes. Qu'est-ce qu'on en voit des changements en cinquante ans ! Quand j'y pense… Qu'est-ce qu'on a gagné en confort ! Ça c'est le positif. On allait laver le linge au lavoir quand j'avais quinze ans. Aujourd'hui j'ai une machine à laver. Et j'ai un lave-vaisselle, plus besoin de passer une heure à tout laver, essuyer. Je me lavais dans une bassine, aujourd'hui j'ai une salle de bains. Je n'avais jamais mis de pantalon avant mes trente ans. Aujourd'hui, j'en ai plus que de robes. Surtout, on se déplace en voiture et plus à vélo ou en solex. C'est du luxe ça ! Dire que cela est tellement naturel pour les dernières générations. C'est ça qu'est moche, on ne se rend pas compte de la chance qu'on a quand on n'a jamais eu moins. J'imagine la tête d'Edwige si elle devait se rendre à Jonzac à vélo… elle m'en f'rait une jaunisse. Ah ben tiens, en voilà une expression qu'ils n'utilisent plus, les nouveaux jeunes… qui ne réalisent pas qu'ils sont les futurs vieux !

Avant que ma santé ne se dégrade plus, il faut absolument que je fasse quelque chose qui va me déchirer le cœur : me débarrasser de mon trésor, les lettres de Jean. Toujours dans ma boîte à couture. Est-ce que j'attends d'être plus faible ? Est-ce que je ne ferais pas mieux de le faire tant que je peux ? Si mon état se dégrade vite ? Je ne sais pas, peut-être qu'à partir de demain je ne pourrai plus me lever, qui sait à quelle vitesse la maladie va se propager ? Je peux aussi essayer d'être optimiste, ils vont peut-être me soigner. Je n'aurais pas besoin de brûler ses lettres… ceci dit il faudra bien que je les brûle un jour. M'imaginer les brûler à soixante-dix ans me satisfait, ça me semble loin. On repousse toujours ce qu'on n'a pas envie de faire, repousser de seize ans ça me plaît bien ! Ce qui me torture aussi depuis que j'ai appris que j'avais un cancer, c'est : est-ce que je préviens Jean ? Est-ce que je l'informe que je vais peut-être mourir ? La lettre est écrite, prête à être postée. Je ne sais pas encore si je lui enverrai.

Cher Jean,

le temps a passé, avec ses petits bonheurs et ses coups durs. Je vais avoir cinquante-quatre ans. Trente et un ans que nous nous sommes rencontrés, te rends-tu compte ? Trente et un ans à penser à toi sans te voir. Pourquoi es-tu toujours aussi présent dans mon esprit ? Pourquoi ? Je me le demande tous les jours et je n'ai pas la réponse. Est-ce une épreuve de plus que Dieu m'a envoyée ? Était-ce un cadeau pour que je connaisse ces sentiments ? J'ai beau m'interroger, je n'aurai jamais la réponse. Tu as à la fois rempli mon cœur de joie et de désarroi et je pense qu'il en est de même pour toi. Nous sommes passés à côté et maintenant il est trop tard. Il faut que je te dise qu'on m'a diagnostiqué un cancer et que je ne suis pas sûre de lui survivre. Je me bats et je t'avoue que penser à toi m'aide beaucoup. Quand je pense à toi je pense au beau, à la gaieté, à l'innocence, à la clarté, à la verdure, à la chaleur, au rose, à la java, au rêve. Avec le temps tu es devenu un ange. Je me demande souvent ce que nous aurions fait de cet Amour. Aurions-nous été à sa hauteur ? L'aurions-nous honoré comme il le méritait ? Les jours et les années passant, l'aurions-nous abîmé, tâché, piétiné, sali ? Aurions-nous su le protéger, le cultiver, le transformer ? L'aurions-nous enfermé dans un écrin pour qu'il reste intact ? L'aurions-nous gardé intact ? Dis-moi, qu'aurions-nous fait de cet Amour ?

20 JUILLET 1995

Je suis bien contente de ne pas travailler aujourd'hui. J'ai trouvé un travail saisonnier, vendeuse dans un magasin à Jonzac. Papa est content que je me débrouille toute seule financièrement pendant deux mois. Il me rappelle dès qu'il peut que lui à mon âge ça faisait belle lurette qu'il gagnait sa vie. D'un autre côté il est assez fier que je fasse des études, ce qui ne me laisse pas d'autre choix que d'y arriver. J'avoue que par rapport à d'autres je suis privilégiée, je ne suis pas forcée de travailler en même temps que je prépare ma licence. Mon idée est de devenir prof. Pour cela il faut une licence, c'est-à-dire bac + 3, pour pouvoir passer le concours. Je ne sais pas si j'arriverai au bout.

Avant de me lever, grâce à la lumière du jour qui parvient à passer sous les volets, je regarde ma tapisserie à fleurs que Maman avait choisie pour mes treize ans. La chambre à coucher est toujours la même aussi. Je commence à sentir les ressorts de mon matelas mais je sais qu'il est inutile que j'en parle à papa. Déjà que ce mois-ci il a payé la vidange de ma voiture. Je ne lui ai jamais parlé des textes que j'avais trouvés. J'en ai parlé à ma sœur, l'hiver dernier. Elle les a lus. N'a pas su quoi en dire. Elle était étonnée elle aussi et m'a dit qu'effectivement, ce n'était pas une bonne idée d'en parler à notre père. Je m'étais demandé qui pourrait m'éclairer, si tant est qu'il y ait quelque chose à éclairer. Car peut-être était-ce juste un côté romantique inconnu qui avait poussé Maman à écrire ces textes qui pour la plupart parlaient d'amour. Mais je ne sais pas pourquoi, un petit truc me disait qu'elle les avait écrits en pensant à quelqu'un. Au vu des dates, les textes du début auraient pu être inspirés par Papa… mais elle avait continué à écrire alors qu'entre eux deux c'était plutôt loin d'être tout rose, j'en avais assez été témoin. J'avais sondé mes tantes Micheline et Claudine. Mais comment demander ça sans qu'elles se posent des questions ? J'avais profité du dernier réveillon de Noël, alors qu'un de mes petits cousins faisait une allusion à ma mère, j'essayais de poursuivre la discussion, évoquant qu'elle aimait beaucoup écrire les menus pour mettre sur la table, les brûlant autour pour donner un effet parchemin, ou collant des fleurs qu'elle découpait dans des magazines. Mes tantes souriaient à son souvenir. Je profitai d'un blanc pour demander :

— Dites, vous savez si, avant Papa, Maman avait eu un autre amoureux ?

— Ta mère ? Un amoureux avant Pierre ? Ah ça non, on l'aurait su !

— Robert Melun l'aimait bien ta mère à un moment donné. Il arrêtait pas de l'inviter à danser au bal à Mortiers je me souviens. Mais il s'est rien passé, je peux te l'assurer puisque aussi sec, rembarré par ta mère, il s'est mis à fréquenter une fille de St-Maigrin et ils se sont mariés dans l'année !

J'étais dans une impasse. Personne pour me dire quoi que ce soit. Mon dernier espoir était Tatie Rossini. Deux ans que j'hésitais à lui en parler. Ce n'était pas vraiment ma tante mais ma sœur et moi l'avions toujours appelée Tatie. Rossini parce que son nom était Rossi et que comme elle était un peu prout-prout on l'avait surnommée Rossini, comme le tournedos ! Ma mère avait commencé jeune à travailler chez elle, peut-être est-elle au courant de quelque chose ? Elle avait cédé sa boutique de chapeaux récemment et passait sa retraite à Royan, dans une maison qu'ils avaient achetée avec son mari quelques années plus tôt. Elle avait été très peinée de la mort de Maman. Je ne l'avais vue qu'une fois depuis l'enterrement. Je me lève d'un coup de mon lit. C'était la journée idéale pour aller la voir. Au moins, après ça, je ne me torturerai plus l'esprit, je serai fixée.

Au volant de ma Seat Ibiza de 1985 qui fait un bruit de tracteur, je me gare assez facilement rue de la Tulipe devant un pavillon qui devait dater des années 60. Le balcon en fer forgé mériterait un coup de peinture. Les volets bois ont sans doute été lasurés très récemment. Après un rapide coup d'œil je me rends compte qu'à part le balcon, tout a été refait, le jardinet est joliment fleuri. Tout est tiré à quatre épingles, ce qui n'est pas surprenant connaissant Tatie ! Je ris intérieurement, imaginant comment elle doit tanner Tonton pour qu'il repeigne ce fichu balcon ! Je l'ai prévenue de ma visite, du coup elle m'a invitée à déjeuner avec eux. Je sonne, j'entends crier « Entre ». Tatie est en train de trier de la salade. Un tablier de cuisine à carreaux bleu marine et blanc noué à la taille, un haut crème à manches courtes et col roulé (nous sommes en juillet !), un pantalon bleu marine, Tatie est fidèle au souvenir que j'ai d'elle. C'est une grande femme, charpentée mais pas grosse, elle doit se faire des teintures, ses cheveux courts et souples sont encore blonds. Malgré des pommettes hautes et rondes, une bouche généreuse toujours graissée de rouge à lèvres débordant, des rides de plus en plus prononcées, c'était surtout son foutu caractère qui se voyait d'abord sur son visage. Dès que vous la regardez, vous voyez tout de suite qu'elle ne se laisse pas marcher sur les pieds comme on dit ! Il y a des gens comme ça, vous ne faites pas attention aux détails de leur visage, parce que ce que vous voyez en premier, c'est leur fort caractère.

— Ma chérie, bonjour, c'est gentil ça de venir nous voir, ça fait longtemps.

— Oui, je viens voir une copine qui est en vacances à Royan, alors je me suis dit que c'était l'occasion de passer vous voir, depuis le temps.

C'était un petit mensonge mais je n'avais pas non plus envie d'y passer tout l'après-midi, j'avais bien prévu d'aller aussi bronzer à la plage !

Tonton arrive, nonchalant, souriant. Autant sa femme avait son mauvais caractère inscrit sur son visage, autant lui avait le rire inscrit sur le sien. Les yeux toujours rieurs, d'ailleurs il avait toujours une connerie à dire, surtout lorsque sa femme avait le dos tourné. Là il en profitait, avec des gestes et des regards, pour nous faire comprendre que sa bonne femme l'emmerdait ! Et tout le monde riait bien évidemment.

Tonton me propose un petit pineau, ronchonne parce que Tatie a mis la table à l'intérieur alors qu'il fait 28 degrés dehors (- Ben si on mange pas dehors à ce temps je sais pas pourquoi on a acheté un salon de jardin !). Elle répond qu'il fait trop chaud, il hausse les épaules, me regarde en montant les yeux au ciel (Pfff… non mais tu entends ça ?). Je souris. Les engueulades, chez les autres c'est toujours plus drôle que chez soi ! Celles de mes parents ne me faisaient pas sourire, peut-être faisaient-elles sourire les gens extérieurs…

Tatie s'assoit enfin, apportant un ramequin de gâteaux apéritifs. Ils me posent des questions sur mes études, me demandent comment Papa s'en sort avec la maison, les vignes, son linge, etc. Je demande des nouvelles de Christian et Chantal que je ne vois jamais. Je vois Alain plus souvent, c'est mon parrain et depuis la mort de Maman il m'appelle de temps en temps pour prendre de mes nouvelles. Tonton embraye sur la politique, content que Chirac ait été élu mais déplore sa décision d'avoir repris des essais nucléaires… Le repas se passe ainsi, parlant de choses et d'autres et bien évidemment, de maman, du temps où elle travaillait pour eux, de combien les enfants étaient attachés à elle, qu'elle était travailleuse, consciencieuse, gentille… J'avais prévu d'attendre le dessert mais puisque Tatie parlait d'elle, entre deux bouchées de rôti de bœuf froid, je me lançai :

— D'ailleurs Tatie, en parlant de cette époque, est-ce que tu sais si Maman… si Maman, comment dire, si elle aurait eu quelqu'un d'autre avant Papa, un autre amoureux ?

Tatie ne répond pas de suite, me regarde, semble hésiter.

— Et bien, je ne crois pas, je n'ai jamais entendu ta mère parler d'un autre homme que de ton père. Mais pourquoi tu me demandes ça ?

Je lui raconte tout, tout ce que j'ai trouvé, les papiers, les textes, les dates, ma surprise, mes interrogations. Devant tout ce déballage, Tatie, les yeux et les oreilles grands ouverts m'écoute attentivement. Elle se racle la gorge, frotte ses mains, se demande sans doute si elle doit dire ou pas ce qu'elle va dire :

— Et bien, à vrai dire, quelque temps avant le retour de ton père d'Algérie, deux mois peut-être je dirais, j'ai trouvé ta mère... pas comme d'habitude. Elle faisait son travail, il n'y avait rien à dire mais... par exemple, je la trouvais en train d'essuyer le même verre pendant cinq minutes, elle semblait regarder par la fenêtre tu sais, ça donnait sur le jardin et la rivière, elle aimait bien notre jardin je sais, mais là, c'était différent ; elle semblait dans le vide, dans ses pensées. Ça a duré quelque temps. Elle n'était pas comme avant. Je n'ai jamais su pourquoi. Jusqu'au jour où, pour la Mont Carmel, elle est venue sans ton père. Il travaillait à leur future maison. Ta mère, pour rien au monde elle n'aurait laissé les enfants, surtout Alain d'ailleurs, c'était le plus petit et son petit protégé... j'ai été très surprise parce qu'elle est venue me demander si elle pouvait s'éclipser pour discuter avec quelqu'un. Elle m'a ramené Alain, elle avait l'air pressée, gênée et heureuse en même temps. Je me souviens m'être dit que je ne lui avais jamais vu cet air-là. Bien évidemment j'ai dit oui, elle ne travaillait pas ce jour-là. Elle a disparu, jusque dans la soirée. Avant de rentrer à la maison, on avait discuté avec des voisins, tu te souviens dis ? demanda-t-elle à Tonton qui haussa les épaules en guise de négation. Elle est arrivée en bas de la rue avec un jeune homme que je n'avais jamais vu. Il lui a fait la bise. Jeanne m'a dit que c'était un client de son frère mais je la connaissais ta mère, je ne l'ai pas vraiment crue. En même temps, elle n'était pas menteuse, je le savais bien alors je n'ai pas su quoi en penser. Elle a arrêté de travailler pour nous quelques mois plus tard. Mais un jour, par hasard, au marché, je discutais avec une dame de Pons qui venait régulièrement à la boutique. Un jeune homme s'avance pour lui dire bonjour et je reconnais le jeune qui était avec ta mère le jour de la Mont Carmel ! Bien évidemment, dès qu'il a eu le dos tourné, j'ai demandé qui il était. La dame, ah ça me revient, c'était Mme Gaspard, me répond que c'était le fils des marchands de vélos de Pons, la famille Chevalier. J'en avais déjà entendu parler bien évidemment. Je me souviens de son prénom, tu devineras jamais pourquoi.

Je la regardais, interrogative, secouant la tête pour lui signifier que je n'en avais aucune idée.

— Et bien figure toi qu'il s'appelait Jean. C'est drôle non ? Jeanne et Jean. Bref, du coup je m'en suis toujours souvenu. Je ne l'ai jamais revu. Par la suite, j'ai entendu dire qu'un des fils Chevalier était parti s'installer en Vendée mais je ne sais pas si c'était lui, vu qu'ils étaient plusieurs garçons…

Je ne sais quoi répondre à tout cela. Un ange passe, comme on dit. Mon oncle lance un regard courroucé à ma tante, sans doute va-t-il lui reprocher de m'avoir raconté tout cela. Je sens qu'elle se demande aussi si elle a bien fait. Je tente de les rassurer tous les deux.

— Bon, on ne sait rien en fait, si ça se trouve ce Jean était peut-être bien un client de Tonton Albert comme elle a dit, maman était pas du genre à raconter des histoires.

— Oui ça c'est vrai. Elle a épousé ton père comme prévu, alors il n'y a rien à imaginer.

Le sujet est clos. Tatie apporte une belle tarte aux fraises que nous dégustons en silence. Elle me propose un café. Je décline, prétextant que ma copine devait m'attendre. Je les embrasse. Tatie me remercie de ma visite, je la remercie pour ce délicieux repas et leur assure que je reviendrai les voir prochainement. Tonton m'accompagne jusqu'à ma voiture. Au moment de partir, il regarde en direction de la maison sans doute pour vérifier que Tatie n'entendait pas et me glisse :

— Je le connaissais le père Chevalier de Pons, Edgar… apparemment son fils Jean a été très amoureux d'une femme qui était prise. Les parents n'ont jamais réussi à lui soutirer son nom. Il a été mal pendant longtemps et ses parents s'en inquiétaient. Est-ce que c'était ta mère ? Ça je n'en sais rien. Mais avec ce qu'a raconté Edgar, ça me fait dire que peut-être que oui… Allez, pense pas trop à tout ça, c'est le passé, c'est loin et ça change rien. À bientôt, passe le bonjour à ton père.

Je roule, sans trop faire attention à la route. Je ne sais plus. Je ne sais plus si je vais à la plage. Je m'imagine aller jusqu'à Pons… ça doit bien se trouver un magasin de vélos. Je suis bête, c'était dans les années 60, ce magasin n'existe certainement plus. Il se vend moins de vélos maintenant. Je ne connais pas bien Pons mais j'y suis déjà allée. Un magasin de vélos, ça ne me dit rien. Qu'est-ce que je fais ? J'y vais, j'y vais pas ? Maman, dans trois jours tu aurais eu cinquante-six ans… Est-ce que ce serait un beau cadeau d'anniversaire, Maman, si je retrouvais ton amoureux ? Si cela est vrai ? Sans les chansons écrites, je n'y aurais jamais cru. Impossible. Mais avec ces textes… vraiment j'ai de quoi m'interroger. C'est difficile de me dire que c'est toute une facette de ma mère que je ne connaissais pas. Moi qui avais l'impression d'être si proche d'elle. Je me sens un peu trahie qu'elle ait pu me cacher ça. Je n'arrive pas à m'enlever ce sentiment depuis que j'ai découvert ces feuillets. Une partie de ma mère que j'ignorais. Je lui en veux un peu de ne pas m'en avoir parlé. Mais à quoi cela aurait-il servi ? J'essaie de penser à sa place. À quoi bon montrer à sa fille adolescente des mots écrits… ? Je pense d'un coup, à combien elle était toujours fière de montrer ce qu'elle fabriquait, ses collages, ses inventions, les petits poèmes qu'elle écrivait pour des anniversaires… L'évidence me saute à l'esprit : si elle ne me les a jamais fait lire, c'est qu'elle avait quelque chose à cacher. Au prochain carrefour, je fais demi-tour. La plage, ce ne sera pas pour aujourd'hui.

31 DÉCEMBRE 1999

Alléluia, l'électricité est rétablie chez Dido, on va pouvoir y faire le réveillon ! Après cette terrible tempête nous sommes encore nombreux à ne pas avoir d'électricité. Dans ma petite maison de location, je n'ai ni électricité, ni eau ni téléphone et dans le hameau nous ne savons pas du tout quand tout va être réparé. J'ai un téléphone portable depuis peu et je ne peux pas le charger ! Les dégâts sont colossaux, les routes sont pour certaines encore difficilement praticables. Les principales ont été dégagées, les secondaires ont été déblayées souvent par les agriculteurs du coin qui sont venus enlever les troncs d'arbre à l'aide de leur tracteur. Tout le monde est encore sous le choc, c'est la désolation partout, des paysages apocalyptiques, les arbres couchés par milliers, des toitures arrachées. Au minimum des tuiles ont volé. Dans les villages proches de l'estuaire de la Gironde, les habitants ont dû être évacués par hélicoptère, leurs maisons sont inondées, pour beaucoup ils ont tout perdu. La rumeur d'un homme tué par la chute de sa cheminée attriste tout le département. Il n'est pas le seul malheureusement, on dénombrera une vingtaine de morts en Charente-Maritime, environ une centaine en France. Du jamais vu, les anciens n'ont pas le souvenir d'une telle tempête. C'est vrai que ce soir-là on n'en menait pas large. Dans mon petit hameau de Clion où j'avais trouvé une petite maison en location, j'étais terrifiée. Avec ma voisine Céline, seule aussi car son chéri, Ludovic était au travail, nous avons passé une bonne partie de la nuit ensemble. Ce dernier était en panique : travaillant dans les pompes funèbres, il se retrouvait seul, coincé sur la route avec un cadavre à l'arrière du véhicule. Un cauchemar. Éclairées aux bougies, chanceuses malgré tout d'avoir une cheminée chez elle comme chez moi, nous étions anxieuses, attendant la fin avec impatience. Le bruit était épouvantable, nous croisions les doigts pour que les toitures tiennent. Nous entendions les tuiles se fracasser au sol. Tant que le téléphone fonctionnait ça allait encore, elle avait un contact avec Ludovic. Puis plus rien. L'attente était insupportable. Dans ces cas-là on imagine toujours le pire. Je pensais à mon père, seul à St-Germain, j'essayais de visualiser les arbres du jardin, me demandant s'ils atteindraient la maison dans leur chute. Cette nuit du 27 au 28 décembre restera dans les mémoires de tous ceux qui l'ont vécue.

Le réveillon devait se faire chez moi, mais sans électricité ce n'est plus possible. Un copain d'enfance, Dido (on ne l'appelle que comme ça, il ne supporte pas qu'on l'appelle Didier !) a ouvert un bar il y a environ deux ans. C'est un petit bar de campagne, très sympa, il organise souvent des concerts, c'est notre point de ralliement avant de sortir en boîte. L'ambiance y est chaleureuse, l'humour du propriétaire y est pour beaucoup. C'est tout naturellement qu'il a proposé qu'on fasse le réveillon dans son bar.

Le passage à l'an 2000, changement de millénaire ! C'est LE réveillon que personne ne veut rater ! Je me prépare tant bien que mal, à la lumière des bougies et à l'eau en bouteille ! Vivement qu'ils rétablissent l'eau, c'est bien pire de ne plus avoir d'eau que de ne pas avoir l'électricité !

La soirée se passe à merveille, tout le monde a joué le jeu et a apporté de quoi boire et de quoi éponger. Nous sommes une vingtaine, c'est plus que prévu, Caroline a aussi amené quelques amis qui n'avaient plus de courant chez eux. Frédéric, Alexandre, Sébastien, Sandrine, Claire… le beau Vincent qui me plaît bien… tout le monde s'entend bien, on picore, on boit de la bière, des whisky coca, des cognac schweppes, on danse, d'abord sur les tubes du moment, Baby one more time de Britney Spears. Je m'éclate sur Eiffel 65 mais je me fais huer par tout le monde, ça le fait pas d'écouter de la techno, ici on préfère Ska-P. Pierpoljack ça passe, tout le monde se lève pour Zebda et « Tomber la chemise ». On ne peut s'empêcher de mettre Louise Attaque, « Allez viens, j't'emmène au vent, je t'emmène au-dessus des gens », c'était presque l'hymne du Dido Bar ! On hurle plus qu'on chante en sautant dans tous les sens. À cinq heures du mat, nous ne sommes que deux, Caroline et moi, à pogoter sur « Trianon » de la Ruda Salska, notre groupe préféré ! Je vais pas être fraîche pour le repas de midi. On mange chez ma sœur, histoire que Papa ne soit pas tout seul bien sûr. On ne sait même pas si ça lui fait plaisir mais on s'imagine que oui ! Quand j'ai été embauchée comme enseignante en anglais dans un Centre de Formation pour Apprentis, il a été, pour la première fois de sa vie je pense, très fier de moi. Il le disait à toutes les personnes qu'il rencontrait. Une fille dans l'enseignement, pour un petit agriculteur, quelle consécration ! Il fait partie de cette génération très admirative des enseignants. Après avoir obtenu ma licence, en quatre ans certes, j'avais passé plusieurs concours, le CAPES, pour être prof en collège ou lycée, le PLP2, pour être prof en lycée professionnel, le concours de CPE… bref, j'aurais aimé entrer dans cette grande famille qu'est l'éducation nationale… je n'en ai eu aucun. Ayant entendu dire que le CFA proche de Jonzac recherchait une enseignante d'anglais je m'étais présentée et avais été prise. Quel bonheur… qui s'était assez vite dissipé lorsque je m'étais retrouvée devant trente-cinq coiffeuses qui ne voyaient pas l'intérêt d'apprendre l'anglais (« Non mais ils ont qu'à apprendre le français s'ils viennent habiter là ») ou devant trente-cinq apprentis mécanicien (« Ouais ben au son du moteur il saura que j'ai réparé sa caisse, le British ! »). Il était pour certains difficile de leur apprendre la moindre notion, mais j'aimais bien ce public de jeunes branleurs et branleuses, pour la plupart attachants. Heureusement, il y avait dans chaque classe une poignée d'élèves sérieux… ces élèves qui nous donnent l'impression de servir à quelque chose !

Après un mois d'essai et sûre d'avoir un contrat de travail, je cherchai un appartement et choisis une maisonnette dans un petit village à quelques kilomètres de mon lieu de travail. Tout s'enchaînait à merveille, c'était parfait. J'ai un salaire de mille sept cents francs et un loyer de six cent cinquante francs, j'aime autant vous dire que je vis pas trop mal ! Bien sûr, la perte de Maman est toujours dure à gérer. Six ans déjà et la douleur est toujours vive. Comment fait-on pour accepter la mort de ceux qu'on aime ? Je suis allée voir un psy quelque temps, puisque j'avais les moyens. Mais au bout d'un an j'ai arrêté. À quoi bon ? Ceci dit je ne pleure plus autant qu'auparavant, sans raison. Les psys c'est pas comme un médicament, vous ne sentez pas l'effet aussitôt. On se demande quand on sentira son effet. On croit qu'il n'y en a pas. C'est plus tard, qu'on se dit « Ah oui, finalement, ça m'a pas fait de mal ». J'avais demandé au psy ce qu'il pensait du fait que je déménage. Je culpabilisais à l'idée de laisser Papa tout seul mais je sentais aussi que rester dans cette maison n'était pas très salutaire pour ma santé mentale. Déjà du temps de Maman, Papa ne voulant pas entendre parler du moindre changement, la maison n'était pas très moderne. Mais Maman y apportait quand même sa touche, refaisant elle-même les tapisseries et même parfois le carrelage. Depuis six ans, tout était resté tel quel. J'en avais marre aussi de cette sensation de prendre sa place pour les tâches ménagères. Tant que j'étais à Poitiers la semaine c'était supportable. Mais lorsque mes études se sont arrêtées, j'avais l'impression de devenir elle. À sa place derrière l'évier. À sa place derrière la gazinière. À sa place au fil à linge. Je ne savais plus parfois si j'étais Jeanne ou Edwige. J'avais l'impression d'être plus vieille que mon âge. D'autant plus que je m'efforçais de ne pas changer la routine de mon père, de la soupe à tous les repas, de la vinaigrette avec presque pas de vinaigre, pas de musique dans la maison hormis dans ma chambre, tout toujours au même endroit. La place vide de ma mère à table et moi devant toujours me tourner la tête pour regarder les infos. Toujours pas Canal Plus, toujours le jeu des mille francs. Le jour où je suis allée lui acheter des pulls parce que tous les siens étaient troués je me suis dit que je ne pouvais pas continuer comme ça. J'en ai d'abord parlé à mon psy, sachant d'avance qu'il allait me dire ce que je voulais entendre. Puis j'en ai parlé à ma sœur, qui m'a dit que j'avais raison, tout en se disant que zut, quand elle irait voir Papa elle aurait sans doute plus de choses à faire, je le devinais à sa tête, mi-conciliante mi-déconfite. Le plus dur avait été d'en parler à Papa. Il avait accusé le coup mais il m'avait dit comprendre, j'avais vingt-trois ans passés quand même, lui à cet âge-là il avait déjà fait l'armée. Sous-entendu, il avait fait la guerre. Sous-entendu emménager seule dans une maison, pas de quoi en faire un fromage. Il m'avait même aidée, puisque je ne connaissais que lui qui possédait un attelage et une remorque. C'est à cette occasion que Tony, venu m'aider, m'avait fait une déclaration d'amour qui m'avait subjuguée. Le problème, c'est qu'il partait un an en Angleterre. Nous avons profité de la nuit, nous jurant de ne pas se faire de promesses pour l'année à venir, nous verrons à son retour… On avait bien fait de ne pas se faire de promesse, me dis-je en regardant Vincent partir de chez moi à 11 h 30… Il faut que je me dépêche de me préparer maintenant !

1er mai 2002

J'allume la télé à l'heure du repas pour qu'on regarde les infos comme d'habitude. C'est tenace les habitudes familiales. Même si on n'en veut pas, on se rend toujours compte à un moment ou un autre qu'on n'y a pas coupé. Mes parents regardaient toujours la une et bien allez savoir pourquoi je préfère le journal télévisé de la une… c'est les mêmes infos sur la deux… et ben non, je préfère la une. Ce qui fait ronchonner Tony parce que chez lui… ils regardaient la deux ! C'est devenu un jeu entre nous, c'est le premier qui attrape la télécommande qui gagne. Tony est bien revenu d'Angleterre fin juin 2000. Il avait prévu d'y retourner pourtant… L'amour en a décidé autrement ! Nous ne devions que boire un verre pour fêter son retour… Nous en avons bu beaucoup depuis, pour beaucoup d'occasions… nos un mois, nos deux mois, pour fêter l'été, pour la crémaillère de notre logement, pour le travail de prof qu'il a trouvé à Cognac, pour mon embauche dans une agence immobilière à Saintes, (mon contrat au CFA ayant pris fin), pour l'anniversaire de mariage de ses parents, pour l'anniversaire de Caroline, de Damien, pour les troisièmes mi-temps du foot, pour Noël, pour notre premier réveillon ensemble, pour nos un an… Parfois je culpabilise, me disant que sans moi il aurait plus voyagé, il serait sans doute retourné en Angleterre. Et puis je vois son regard sur moi, sa douceur, son bonheur et ma culpabilité s'évapore, je ne pouvais pas trouver mieux que lui pour me comprendre, m'épauler, nous sommes sur la même longueur d'onde pour tout, c'est tellement plaisant et c'est tellement plaisant d'être si amoureuse et de l'être en retour. J'aurais aimé que maman le connaisse, je suis sûre qu'elle l'aurait adoré, qu'elle aurait été sécurisée de me savoir avec lui. Ça me fait plaisir qu'elle ait entendu parler de lui lors de ma première année de fac, ça ne change rien, mais au moins, elle connaissait son existence, c'est un petit lien de rien du tout, mais un lien quand même.

Tony s'approche de moi et m'enlace.

— Dis-moi ma chérie, je sais que tu repousses alors que tu en meurs d'envie… Le week-end prochain on va chez moi, tu pourrais peut-être en profiter cette fois, pour aller voir ce monsieur, ce Jean, s'il est toujours vivant ; parce que le temps passe, le temps passe mais si tu y vas trop tard tu t'en voudras tout le reste de ta vie.

Je me replonge dans mes souvenirs. Environ sept ans déjà, je crois que c'était en 95. Après être allée chez Tonton et Tatie Rossi, j'avais filé à Pons. J'avais fait toutes les rues. Jusqu'à ce que j'aperçoive une ancienne devanture de magasin. La peinture était délavée, écaillée, on aurait dit du vieux rose mais on pouvait encore y distinguer « Chevalier père et fils ». Vraisemblablement ce n'était plus ni un atelier ni un magasin. Un grand rideau cachait la vue de ce qui devait être autrefois la vitrine. La porte d'entrée était une porte classique en bois. Une boîte aux lettres encastrée dans le mur m'informait que j'étais bien au domicile de personnes qui s'appelaient Chevalier. Une sonnette. J'hésitais. J'étais certes moins timide qu'avant mais la situation était inédite. Qu'allais-je vraiment dire ? J'y avais réfléchi pendant le trajet mais maintenant que j'étais là j'avais l'impression d'avoir tout oublié. Mon cœur battait vite. Mais bon, j'étais là, devant cette porte… j'avais sacrifié mon après-midi à la plage, ce n'était quand même pas pour rien. Mon doigt appuya sur la sonnette. À peine quelques secondes et j'entendis quelqu'un descendre un escalier. Un homme ouvrit. Grisonnant, je lui donnais une soixantaine d'années. Son air gentil me rassura d'emblée. Il ne m'avait jamais vue mais il n'eut pas l'air de me prendre pour quelqu'un venu essayer de lui vendre une véranda, un nouveau système de chauffage ou des nouvelles fenêtres…

— Bonjour mademoiselle… me dit-il avec un regard interrogateur ?

— Heu… bonjour monsieur, excusez-moi de vous déranger. Vous êtes bien M. Chevalier ?

— Oui Mademoiselle, André Chevalier.

Ouf, un cran de stress en moins, au moins j'avais un interlocuteur qui pourrait peut-être m'en apprendre plus.

— J'ai quelque chose d'un peu particulier je dirais, à vous demander. Je m'appelle Edwige Rocher, ma mère s'appelait Jeanne Gendrillon et je pense qu'à un moment donné elle a rencontré quelqu'un de votre famille, un frère, un cousin je ne sais pas vraiment.

— S'appelait ? Vous voulez dire que cette dame, enfin, votre maman, elle est décédée ?

— Oui, malheureusement, en 93.

— Toutes mes condoléances alors mademoiselle, c'est bien triste. Mais, entrez donc si vous voulez.

Une cloison avait dû être faîte pour séparer l'ancien magasin car c'est par un couloir étroit que nous montâmes au premier étage. Je me retrouvai dans une petite cuisine, avec une fenêtre ouverte qui donnait sur un jardin. Mon hôte me proposa un café, j'acceptai. Il m'invita à m'asseoir. Je m'installai sur une chaise en formica marron, observai rapidement la tapisserie ; quelques photos posées sur une étagère me firent déduire que ce monsieur avait deux enfants et cinq petits-enfants. La toile cirée à fleurs était usée. Je trouvais bizarre que sa femme ne l'ait pas changée. Ma mère n'aurait pas supporté ça. Pendant qu'il versait du café moulu dans un filtre, il commença :

— En fait, votre mère je ne l'ai vue qu'une fois. Il y a longtemps, je ne sais plus quand exactement. Elle était venue en 2 cv, dans les années 70 peut-être… Elle cherchait mon frère Jean. Mais Jean il était parti en Vendée, pour son travail, et puis parce que Jeanine, sa femme, elle était de là-bas. Je peux te tutoyer ? Tu es toute jeune. Jean, je crois qu'il avait beaucoup aimé ta maman… mais elle devait se marier. Ce qu'elle a fait j'imagine, puisque tu es là. Il l'a attendue je crois, il a dû espérer. Longtemps. Il m'en a parlé une seule fois. Il avait l'air tellement… exalté… oui, c'est ça, exalté. Je ne l'avais jamais vu comme ça. Plus tard, comme il ne se mettait avec aucune femme et n'essayait même pas de s'en trouver une, je lui en ai reparlé. Que ce n'était pas raisonnable d'attendre pour rien, enfin, j'ai essayé d'en savoir un peu plus, il ne m'avait donné qu'un prénom, Jeanne, c'est tout ce qu'il m'avait dit. Il ne nous l'avait jamais présentée alors on se doutait bien qu'il ne la voyait pas. Mais il l'avait mal pris, m'avait rabroué me disant que je ne savais pas de quoi je parlais. Alors je n'ai pas insisté. Le temps a fait son œuvre. On commençait sérieusement à s'inquiéter avec mes parents. Heureusement, un jour, il a rencontré Jeanine. Ils sont partis en Vendée. Il a trouvé du travail très facilement vu son expérience à la laiterie. Voilà, tu sais tout ce que je sais. Et toi alors, qu'est-ce qu'ils faisaient tes parents ?

Je lui répondis vaguement, ne parlant que de leur travail. Je ne voulais pas être impolie, il avait été plutôt sympa de me dire tout ça. Dans le même temps, je n'avais pas envie de parler de la vie plutôt désastreuse de mes parents du point de vue personnel. À quoi bon ?

Il continua de parler, m'apprit qu'il était veuf depuis deux ans, qu'il trouvait les journées longues, que sa femme lui manquait, d'autant plus que ses deux enfants étaient partis loin. Il attrapa les photos de l'étagère et me présenta sa petite famille. Il me parla des femmes de ménage qui venaient l'aider à entretenir la maison, me dit qu'heureusement il pouvait compter sur ses voisins. Qu'il ne voulait pas aller en maison de retraite.

Prétextant un rendez-vous avec une amie, je lui dis que je devais partir. Je vis dans ses yeux qu'il en doutait mais il me dit cependant qu'il était content de m'avoir rencontrée et que ça lui avait fait du bien de voir un peu de jeunesse et de discuter un moment. Je le remerciai pour sa gentillesse et sortis dans la rue ensoleillée, tenant dans la main un bout de papier sur lequel il m'avait noté l'adresse et le numéro de téléphone de son frère Jean.

Je sais où est ce petit bout de papier. Dans une boîte multicolore que j'avais récupérée à St-Germain. Elle appartenait à ma mère. Je l'apercevais parfois cette boîte, quand j'étais petite et que maman ouvrait son armoire. Je savais qu'elle y cachait des vieilles pièces de monnaie. Elle me les attrapait parfois pour me les montrer. Nous nous les étions partagées avec ma sœur. Elle avait voulu garder une vieille broche qui venait de ma grand-mère. Moi j'avais conservé une photo de ma mère quand elle était gamine. Je crois que c'est la seule qui existe. La boîte et les chansons de ma mère étaient bien rangées, dans le dernier tiroir de mon bureau. Elles tombaient sous mes yeux de temps en temps. Je relis les chansons parfois. Rarement à vrai dire. Ça me rend nostalgique alors j'évite. Aujourd'hui je ne sais plus si j'ai vraiment envie de rencontrer ce monsieur Chevalier. J'en ai eu très envie, puis ça s'est dissipé. Le temps a passé. L'envie furieuse s'est essoufflée, gommée par le quotidien. Tout n'est devenu qu'un souvenir. Ne restait que l'essentiel, le souvenir de ma mère, de sa personne. Le reste n'importait plus.

Les infos montrent des manifestants à Paris et dans d'autres villes de France. Une grande marche contre Le Pen qui se retrouve au second tour des élections contre Chirac. Je pense à mon père, à ses paroles dont je me souviendrai toujours : « Les extrêmes, c'est jamais bon ». C'est tellement logique.

Je regarde Tony. Il exulte de voir tous ces gens brandissant des pancartes NON AU F HAINE.

Je le regarde tendrement et lui dis :

— OK, on ira ce week-end, voir ce mystérieux M. Jean Chevalier.

4 mai 2002

Nous partons vers 9h30, comme à chaque fois que nous allons chez les parents de Tony pour le week-end. Il est prévu que nous mangions là-bas et qu'après le repas, nous essayions de trouver ce Jean Chevalier. Le hasard fait que St-Sigismond, la commune où il est censé habiter, n'est qu'à une vingtaine de kilomètres de chez Tony. Après un accueil chaleureux comme d'habitude par les parents de Tony, après un repas copieux et le café pris avec un de ses frères venu nous voir, nous montons dans notre Ford Fiesta direction St-Sigismond. Les paysages de Vendée sont magnifiques. Nous sommes au cœur du marais Poitevin, la verdure prédomine, tout paraît si pur. La première fois que je suis venue chez Tony, il m'a emmenée faire une balade en barque. Romantisme oblige. J'avais été impressionnée par le nombre de lentilles vertes à certains endroits de la Sèvre Niortaise. Les arbres semblent parfois sortir de l'eau, ils s'entrelacent à leurs cimes, au-dessus de nos têtes. Je n'entendais que le bruit de l'eau perturbée par les rames. Un moment au cœur même de la nature, si belle, si poétique, si apaisante. Nous n'avons plus de bocage vers chez moi, ici les champs sont encore délimités par des haies naturelles. À chaque fois je pense au remembrement qui a supprimé ces haies naturelles par chez nous, à ce que cela engendre lorsque les pluies sont fortes, à mes parents qui avaient subi ce remembrement avec abnégation comme d'habitude, à ce mot qui avait rythmé mon enfance sans que je le comprenne vraiment. Je comprenais ici, en Vendée, comment les décisions des hommes changeaient un paysage à jamais.

Plus on approche, plus le stress monte. Tony le sait, le sent et pose sa main sur ma cuisse. Heureusement qu'il est avec moi, je crois que je n'aurais pas eu l'audace sans lui.

Sa présence est tellement sécurisante. Je passe ma main dans ses boucles brunes, lui attrape ses lunettes pour lui nettoyer.

— T'aimes le risque toi, t'as pas remarqué que je suis en train de conduire là ! On va s'encastrer dans l'église, on aura l'air malin !

L'église. On est déjà arrivé.

— C'est au numéro 4, au numéro 4. Gare-toi, ça ne doit pas être loin.

J'avais aperçu un 6 sur une façade. Tony fait une marche arrière. J'observe ce qui doit être le numéro 4. Mais je ne vois aucun 4 nulle part. Une petite allée en terre, qui semble mener à un corps de ferme. L'habitation n'est pas en bordure de route comme je me l'étais imaginé au vu de l'adresse. Je m'étais imaginé des maisons alignées, près de l'église. Tony préfère rester garé dans la rue. Je descends de la voiture. Mes mains commencent à être moites. Je transpire. J'attrape à l'arrière de la voiture la chemise dans laquelle se trouvent les chansons de ma mère. Je ne sais pas si je les montrerai… Encore faut-il que je trouve le bon interlocuteur si bon interlocuteur il y a.

Nous avançons Tony et moi, lentement, longeant une dépendance. La porte est entre-baillée.

J'aperçois une voiture grise, une BX peut-être. Nous arrivons devant la façade de l'habitation. Des rideaux clairs ornent les quatre fenêtres du rez-de-chaussée. Des vieux pots de fleurs encadrent la porte d'entrée. Je frappe. J'aperçois un rideau bouger à une des fenêtres, une silhouette assez grande, un pull bleu. Quelques secondes se passent, la porte s'ouvre. Un homme d'une soixantaine d'années apparaît. Je suis frappée par ses yeux clairs. L'espoir m'envahit, quelque chose me dit que c'est lui.

— Bonjour, dit-il avec un ton interrogateur.

— Bonjour monsieur. Excusez-nous de vous déranger, je… je suis à la recherche de M. Jean Chevalier en fait.

— C’est moi.

Je vois ses yeux me scruter, observer mon front, ma chevelure, mes joues, ma bouche. Je vois dans ses yeux ses interrogations et son espoir, comme s’il savait déjà.

— Je m’appelle Edwige, je suis la fille de Jeanne Gendrillon, vous l’avez connue, c’est bien ça ?

À l’énonciation du prénom de maman, il joint ses mains, les serre. Ses yeux s’embuent d’un coup. Il ne répond pas, sonné par ma présence et sans doute par le flot de souvenirs qui revient. Nous le regardons Tony et moi, attendant qu’il réponde enfin.

— Je… je t’ai attendue… je me permets de te tutoyer… mon frère m’avait dit que tu étais allée le voir, alors j’ai attendu que tu viennes, j’avais même prévenu ma femme que peut-être tu viendrais un jour et qu’il fallait absolument qu’elle te retienne si je n’étais pas là… ou que tu ne repartes pas sans avoir laissé tes coordonnées… les années ont passé, tu ne venais jamais alors je me suis dit que tu ne viendrais pas. Mais, mais tu sais, je suis très content, oui, très content que tu sois enfin venue.

Il reprend son souffle.

Il tend la main à Tony en lui souriant chaleureusement. Il met ensuite ses deux mains sur mes épaules :

— Je peux t’embrasser Edwige ?

Devant son air tellement heureux, je lui souris pour acquiescer.

Il nous propose d’entrer, hésite entre nous proposer la cuisine, à droite, ou le salon, à gauche. Il nous montre les canapés et les fauteuils, nous invite à nous asseoir. La joie se sent dans ses mouvements, il semble léger, avançant presque comme un danseur. Il nous demande ce que l’on veut boire, nous propose une multitude de boissons, commence à parler d’amande amère qu’il fait lui-même, ce à quoi Tony rétorque que son père en fait aussi. S’ensuit une conversation géographique vendéenne lorsque Jean comprend que Tony est vendéen, de pas très loin de surcroît. C’est finalement Tony qui lui expose succinctement notre vie actuelle. Une fois nos trois cafés servis, avec en plus un paquet de gâteaux secs, Jean s'installe enfin dans un fauteuil en face de moi.

— Tu lui ressembles à ta mère, je suppose qu'on te l'a déjà dit.

— Oui, souvent, dis-je en souriant.

Son regard s'assombrit.

— Mon frère m'a dit qu'elle… qu'elle était décédée ?

— Oui c'est cela. Elle est morte le 8 août 93. D'un cancer.

Il grimace, amène ses mains à son visage.

— Elle… elle n'a pas trop souffert ?

— Ça n'a pas été facile. Elle a été diagnostiquée en octobre 1992… ça a mis moins d'un an.

— Ah ce foutu cancer…

On se regarde, un ange passe, comme on dit. Je me triture les mains, il va bien falloir que je me lance.

— Je… enfin, est-ce que ma mère et vous… vous vous êtes « fréquentés » ?

J'utilise sciemment le mot « fréquenter » puisque c'est comme ça qu'ils disaient à leur époque même si je n'aime pas utiliser ce terme ringard.

— Pas exactement… Ta maman, elle devait se marier avec ton père, quand je l'ai connue, c'était déjà prévu. Ton père devait revenir d'Algérie peu de temps après. Alors, comme ta maman était quelqu'un de bien, elle n'a… elle n'a… et bien elle n'a pas changé ce qui était prévu. Sa… sa rencontre m'a beaucoup marqué je dois dire… oui, beaucoup…

Il s'arrête, hésite sans doute à en dire plus. Ce n'était pas nécessaire. Son regard parle pour lui. Son sourire, mi-confit, mi-transi avoue le reste.

Je me lève pour attraper la chemise qui est posée sur une chaise, là où nous avons posé nos blousons Tony et moi. Jean me regarde avec curiosité, se demandant certainement ce que je peux bien avoir à lui montrer. Ce dont je suis sûre c'est qu'il ne peut pas l'imaginer.

Je lui tends la chemise.

— J'ai trouvé ça, lorsque maman est décédée. Je ne vais pas vous dire pourquoi, mais je pense que c'est vous qui l'avez inspirée.

Je me rassois. Au lieu de regarder autour de moi, je préfère observer son visage. La première chanson est « J'irai valser ». Dans ce texte, maman parle d'un cœur qui espère, qui souffre, d'un amour impossible dans cette valse qui est une métaphore de la vie. Au moment où j'y pense, je me dis que maman ne devait même pas savoir ce qu'était une métaphore. Jean semble lire vite. D'un côté je me dis « ouf, on va pas y passer l'après-midi. » Sauf que je vois ses yeux remonter pour relire depuis le début. Il semble prendre plus son temps à cette deuxième lecture, il semble lire tous les vers, un à un, lentement, comme s'il décortiquait tous leurs mots. Il est absorbé, concentré, suit les mots avec ses doigts, comme s'il avait découvert une carte aux trésors. Il doit être à la moitié lorsqu'il lève les yeux pour me regarder.

— Je ne sais pas combien il y en a… j'aimerais bien avoir le temps de les lire, de les lire bien, je veux dire… Tony m'a dit tout à l'heure que vous dormiez chez ses parents. Ça t'ennuie si je les garde jusqu'à demain. Je te les ramènerais avant que vous ne partiez.

Cette idée ne m'emballe pas, je sens que je vais avoir du mal à laisser cette chemise, qui est pourtant au fond d'un tiroir depuis des années. Mais c'est un bout de ma mère. Il voit que j'hésite, se reprend, me dit que ce n'est pas grave. Une idée me vient subitement à l'esprit.

— Avez-vous une photocopieuse, enfin, une imprimante ?

— Mais oui, bonne idée. Seulement, c'était ma femme qui savait faire marcher ça. Moi je ne sais pas… Viens avec moi.

Tout en l'accompagnant vers un bureau, je lui demande pourquoi il parle de sa femme au passé.

— Elle est morte elle aussi. Il y a deux ans.

Je le regarde avec compassion. Je ne sais pas quoi lui dire, alors je lui souris.

— Qu'est-ce que tu lui ressembles quand tu souris.

Il se fige et semble repartir dans le passé. Il se reprend et me dit qu'il va aller tenir compagnie à Tony.

Tout en faisant des copies des textes de ma mère, je regarde autour de moi. La tapisserie est claire, le parquet flottant semble récent. Une collection de « Tout l'univers » remplit une étagère. Tout ce qui doit être sur un bureau y est : trousse bien remplie, agrafeuse, ciseaux, trombones, punaises, porte-courrier. Tout semblait posé au millimètre près. Sur une photo encadrée, je découvre une femme d'une cinquantaine d'années entourés de deux trentenaires je dirais. J'en déduis qu'ils ont eu deux garçons. Ce qui est étrange, c'est que la femme de la photo, la femme de Jean, me fait penser à ma mère. Il y a une ressemblance, les mêmes cheveux et le même regard doux. L'intérieur de la maison est coquet, propre, on voit que les lieux ont toujours été entretenus comme il se doit. Je me dis qu'elle aurait été bien dans cette maison, dans cette région. Qu'elle aurait été bien avec cet homme qui semble si gentil, si honnête, si calme, si humble.

De retour dans le salon, je tends à Jean la dizaine de textes. Il les attrape délicatement, semble pressé de continuer la lecture mais ne peut nous mettre dehors. Je n'ai pas envie de partir, je n'ai pas envie que ce moment se termine déjà. Ce Jean, c'est une partie de l'histoire de ma mère, je suis contente de l'avoir rencontré. Je découvre que de parfaits inconnus peuvent prendre en très peu de temps une place plus importante que nous l'aurions imaginé. J'aimerais pourtant en savoir plus sur leur rencontre, où, quand, que s'étaient-ils dit, qu'avaient-ils fait ? Je n'ose pas lui demander. Cette génération a tellement de pudeur. Je ne peux pas le brusquer. Je me dis que peut-être je lui demanderai une autre fois, si nous nous revoyons un jour. Je sais pourtant que plus tard c'est souvent trop tard. Je n'oserai rien lui demander de plus, il ne me dira rien de plus. Je regarde Tony pour lui faire comprendre qu'il est temps de s'en aller. Jean essaie de nous retenir un peu, nous propose un autre café, semble désolé que nous partions déjà.

— Attends, me dit-il, sur l'intérieur de la chemise, il y a quelque chose d'écrit, je n'ai pas eu le temps de le lire, je peux ?

— Oui bien sûr.

Je lui tends la chemise. Ce ne sont que quelques lignes et des dates, il n'en aura pas pour longtemps.

Au fur et à mesure qu'il lit, ses yeux se remplissent de larmes, elles coulent maintenant sur ses joues.

— C'est la Java Bleue, elle a modifié les paroles, mais c'est la Java Bleue… dit-il dans un soupir en essayant de retenir ses larmes. Et elle a écrit le 22 juillet 62, on avait passé quelques heures ensemble, près de la Seugne à Jonzac. Et toutes ces dates… Dis-moi Edwige, tu n'as pas retrouvé de lettres ?

Il ne parvient pas à cacher son émotion, il pleure maintenant comme un enfant. Je me sens désemparée, sa tristesse me touche tellement. Je ne peux m'empêcher de penser à mon père qui n'a même pas pleuré comme ça à la mort de ma mère. J'enrage subitement, une boule se noue dans mon estomac. J'ai envie de donner des coups de poing dans le mur, de donner des coups de pied dans la porte en face à moi. C'est tellement injuste. Tony me regarde, inquiet, il a dû voir mon expression changer. Je me contiens bien évidemment. Je réponds à Jean avec douceur :

— Non, je n'ai pas retrouvé de lettres, nulle part. Je n'avais jamais fait le rapprochement avec La Java bleue… Je sais que maman adorait cette chanson. Je comprends mieux maintenant, pourquoi elle paraissait… rêveuse… et triste aussi, quand elle l'entendait.

Les pleurs de Jean reprennent de plus belle à ces mots.

— Je suis désolé, nous dit-il, terriblement gêné de craquer de la sorte devant vous. Moi aussi cette chanson m'a toujours fait penser à elle. Il renifle, sort un mouchoir en tissu de sa poche de pantalon.

Je le pris dans mes bras, compréhensive et attristée, pour lui, pour maman, pour nous, pour la vie qu'on a eue, pour la vie qu'ils auraient pu avoir.

— Je vous ai écrit mon numéro de téléphone au dos d'une feuille. Appelez-moi si vous voulez, quand vous voulez.

— Merci Edwige d'être venue, merci beaucoup, tu ne peux pas savoir comme je suis heureux d'avoir fait ta connaissance, merci pour ce que tu m'as amené, toi, les textes de ta mère, les souvenirs, merci, merci.

Nous nous éloignons Tony et moi, en silence. Je monte dans la voiture. Je ne parle pas. Je suis plongée dans un sentiment profond mêlé de tristesse, de nostalgie de ce qui ne s'est pas passé, de regret alors que je n'y peux rien, d'impuissance, d'injustice. Je réalise à quel point ma mère avait compté pour lui. Les textes prenaient tout leur sens maintenant, il avait dû aussi énormément compter pour elle pour l'inspirer ainsi.

21 juin 2004

C'est la fête de la musique. Depuis quelques années, c'est un pote, PJ, qui s'occupe d'organiser celle de Jonzac et c'est naturellement que je lui file un coup de main. J'aime cette ambiance de « backstage », accueillir les petits groupes des alentours qui passent sur la scène installée devant le château. Nous avons cette année un groupe de La Rochelle, Les Furets Noirs, plutôt rock, un groupe électro, Fab et les Swans, un groupe plus reggae, Diccky Smokes. Un groupe Jonzacais dont PJ fait partie, Les MobilStones, commence les festivités vers vingt heures. Une bonne petite soirée en perspective ! Le temps est avec nous, le public arrive nombreux. Je m'active à servir à manger et à boire aux filles et mecs des groupes, Caroline nous prête main-forte aussi, l'ambiance est joyeuse. Caché par des bâches blanches à l'arrière de la scène, notre QG est plutôt bien organisé, des tables ont été installées, dans un grand chaudron réchauffe de la paëlla, le bar de la place, le Coq d'Or nous a fourni une tireuse à bière, nous sommes trois à avoir ramené notre cafetière perso. L'organisation s'améliore d'année en année. Je fais un clin d'œil à Tony, en grande discussion avec une fille aux cheveux verts et bleus qui semble avoir un peu trop abusé du cannabis. Il me fait un petit sourire penaud et résigné à la fois, je crois qu'il ne sait pas comment faire pour s'en dépêtrer ! Je lui souris, amusée. Je m'assois à côté de Fab, le chanteur d'un des groupes. On se connaît depuis plusieurs années maintenant, son groupe donne souvent des concerts dans le coin. On papote, de tout et de rien. Je lui demande si c'est lui qui écrit les paroles de toutes leurs chansons. En effet, il écrit et compose les musiques. Il peaufine ensuite avec le bassiste, le guitariste et le batteur. Je lui demande comment lui vient l'inspiration. Ses textes, en français mais aussi en anglais traitent un peu de tous les sujets parlants aux jeunes adultes rebellés par la société. Ras le bol des politicards, de leurs mensonges, ras le bol du coût de la vie qui augmente, du chômage, de la société de consommation, des guerres. Il a d'ailleurs écrit une chanson qui s'insurge contre l'intervention militaire des États-Unis en Irak. Son refrain « No More War in the World » est scandé par le public à chacun de leurs concerts, levant les poings, semblant éminemment concerné après trois litres d'alcool et une dizaine de pétards ! Je lui demande comment on « protège » une chanson. Il m'explique qu'au début, il se les envoyait en recommandé à lui-même, ce qui était à moindre coût. Depuis qu'ils se produisent sur scène, il les envoie à la SNAC, le syndicat national des auteurs et compositeurs qui pour une trentaine d'euros protège six chansons pour une durée de cinq ans. À chaque concert, il remplit un feuillet pour la SACEM, avec le titre des œuvres, leur nature, le nom des auteurs et compositeurs. Il me sort le feuillet de son sac, je regarde avec intérêt, avec le sentiment de découvrir un monde parallèle. Il existe tellement de choses que l'on ignore. Tony est venu me rejoindre. Comme moi, il découvre cet univers de la musique. Comme tout le monde, on a bien évidemment déjà entendu le nom de la SACEM, mais on ne sait pas vraiment à quoi ça sert. Fab nous explique que cet organisme protège les droits d'auteur et rémunère les artistes. Les groupes qui font des reprises, même dans les petits concerts de campagne, sont obligés de déclarer les titres qu'ils chantent pour que les auteurs et compositeurs soient rémunérés de leur travail. Logique après tout.

PJ arrive, essoufflé par son tour de chant mais survolté de bonheur :

— Allez, à toi Fab, tu vas voir ils sont chauds ! Ils sont à fond les Jonzacais ce soir.

Tony me regarde.

— Tu penses à un truc, toi ?

— Ouais, mais je te dirai plus tard.

Je hèle Fab qui se dirige vers les escaliers menant à la scène :

— Hé, Fab, tu peux passer à la maison ce week-end, j'ai un truc à te demander !

Il acquiesce de la tête.

Un mouvement de foule autour de nous, une fille crie, le chanteur des Diccky Smokes vient de s'affaler sur le sol… Tout le monde se rue à ses côtés. PJ s'agenouille et lui tapote les joues :

— Chris, Chris, putain, réveille-toi, faut qu't'assures dans trois quarts d'heure, fais pas le con.

Fort heureusement, Chris s'est vite remis, le show assuré par tous les groupes. À deux heures du matin, Tony et moi décidons de partir, nous avions rangé le maximum, restaient maintenant les membres des groupes, jamais pressés d'aller se coucher. Une poignée de jeunes discutait encore sur la place du château, ceux qui ne veulent jamais que ça s'arrête et qui auraient pu danser jusqu'à sept heures du mat. Je souris en pensant que c'était moi avant, qu'on aurait été capable de rester plus longtemps avec Tony. Mais demain, boulot. Et oui, on est trentenaire… Je contemple cette place, ce château. Subitement, je dis à Tony :

— Attends.

Je ferme les yeux et essaie de faire abstraction des braillements des quelques jeunes qui restent. Jean, qui m'a téléphoné pour me souhaiter la bonne année m'a raconté que ma mère et lui s'étaient vus pour la fête de Mont Carmel, le vingt-deux juillet 1962. J'essaie d'imaginer les manèges de chevaux en bois, la joie des enfants qui découvraient les barbes à papa et la menthe à l'eau, les gens, leurs tenues bien différentes de celles d'aujourd'hui, leurs attitudes aussi sans doute. Les hommes en pantalon noir et chemise blanches, les femmes, presque toutes en robe ou jupe, les souliers cirés, les cheveux lavés le matin même, le son de l'accordéon, l'orchestre qui commençait à jouer la Java Bleue.

— Va te faire foutre, fils de p…

— Ouais c'est ça, j't'emmerde, et profond en plus.

Les ados commencent à s'embrouiller. Je me demande si on entendait autant de vulgarité en 1962. Le bal s'était-il terminé en foire d'empoigne ? Je sors de ma torpeur. J'avais le visage de ma mère en face de moi et subitement c'est la fille aux cheveux verts et bleus qui passe tout près de nous en titubant et vociférant des insultes. Ah les temps ont bien changé ! Nous nous éloignons, main dans la main avec Tony.

Depuis quelques mois nous projetons d'avoir un enfant tous les deux. Nous allons fêter nos quatre ans, nous avons tous les deux une situation et nous avons tous les deux trente ans. Toutes les conditions sont réunies. Je suis très vite tombée enceinte après avoir arrêté la pilule. C'était en janvier dernier. Malheureusement, j'ai fait une fausse couche au mois de mars. Nous avons accusé le coup tous les deux mais n'avons pas perdu espoir. Nous avons encore le temps.

— Bon alors, à quoi tu pensais tout à l'heure ? T'as pensé à un truc en parlant avec Fab. Je te connais comme si je t'avais faite !

Je lui souris. C'est vrai qu'il me connaît bien.

— Est-ce que tu crois…

Je marque une pause. C'est tellement invraisemblable ce que je vais dire.

— Est-ce que tu crois… que quelqu'un pourrait chanter les chansons que maman a écrites ?

11 septembre 2004

Alors que les infos nous parlent des commémorations de l'attentat terroriste qui a frappé les deux tours jumelles aux États-Unis il y a déjà trois ans, je suis devant mon ordinateur dans la pièce d'à côté, surprise et excitée de lire un e-mail envoyé par une certaine Marion Richer, la manager artistique de Barnabé, un chanteur dans le vent en ce moment à qui j'ai envoyé un des textes de maman.

DE : marion.richer@lybertysurf.fr
À : edwige.rocher74@wanadoo.fr
Envoyé : jeudi 9 septembre 2004 18 h 23
Objet : RE : J'irai valser

« Bonjour,
J'ai bien reçu votre texte. J'admire votre certitude, surtout ne fléchissez pas !! Barnabé ne recherche pas de textes... l'écriture est un des plaisirs de son métier. Vous pouvez bien entendu faire circuler cette chanson au plus grand nombre. Bon courage. Marion. »

Elle admire ma certitude… vrai ou elle se fout de moi ? Il est vrai que mon mail était plutôt… comment dire… incisif… « Bonjour, je vous ai envoyé « J'irai valser », chanson qu'il me tient à cœur que Barnabé interprète. Lisez bien les paroles et ne faites pas l'erreur de mettre ce futur succès à la poubelle ! J'ai un très bon pressentiment pour le devenir de cette chanson alors ne vous trompez pas. Si vous n'en voulez pas prévenez-moi s'il vous plaît, que j'en fasse profiter quelqu'un d'autre. Mais cette chanson est faite pour Barnabé, j'en suis convaincue. Edwige Rocher. »

J'y étais peut-être allée un peu fort niveau assurance… Il paraît pourtant qu'il faut avoir de l'assurance pour réussir ce que l'on veut. Ça sonnait faux peut-être ? En tout cas, ça n'avait pas fonctionné pour les convaincre. Réponse négative. Je suis déçue bien évidemment, mais qu'est-ce que je croyais ? Que le premier artiste à qui j'envoyais une chanson de ma mère allait me dire « Génial, quel talent, c'est LA chanson que j'attendais ! » Ben non voyons ! Je sais qu'il va falloir que je sois patiente et que je me dise qu'il n'adviendra peut-être jamais rien des chansons de maman. Dans le même temps je suis heureuse que l'on m'ait répondu. C'est un lien avec le monde artistique, la manager de Barnabé qui m'envoie un e-mail ! À mon adresse mail perso, à moi, Edwige Rocher, anonyme parmi les anonymes ! Depuis que Fab m'a fait découvrir l'existence de

« L'Officiel de la Musique », j'ai envoyé les chansons de ma mère à de nombreux artistes. Ce gros bouquin est ma nouvelle bible. Neuf cent soixante-seize pages, vingt-cinq mille contacts, c'était écrit en gros sur la couverture. Tous les artistes du moment, par ordre alphabétique. Numéro de téléphone, numéro de fax, parfois une adresse mail, adresse de leur maison de disques. Dès que Fab m'avait donné cette fabuleuse information, j'avais foncé à la FNAC de Bordeaux pour me procurer ce sésame ! Quarante-trois euros quand même ! Mon cerveau calculait encore en francs, six fois quatre, vingt-quatre, plus de deux cent quarante francs, c'était beaucoup ! Et j'avais pas sorti ma calculatrice, je savais que ça faisait plus que ça… Mais je n'avais pas hésité, c'était la seule solution pour que je sache à qui envoyer ces textes. Enfin, à qui, j'avais mon idée là-dessus pour chaque chanson. Pour chacune d'elles, j'avais en tête un artiste que je voyais bien la chanter. Par rapport à ce qu'ils ont déjà interprété, par rapport au thème, par rapport à leur style musical. Si ça me venait au cerveau aussi facilement c'est que ça allait se faire ! Devant ce mail qui m'annonçait un refus, je commençais à me dire que finalement, non, ça n'allait pas se passer comme je l'avais imaginé… ou fantasmé… Je me remémore que lorsque j'étais adolescente, dans un numéro de *OK Podium* ou je ne sais plus quel magazine sur les stars, une jeune fille avait envoyé un texte à David Hallyday qui avait chanté la chanson qu'elle avait écrite ! Alors pourquoi n'aurais-je pas la même chance ?

Je me demande donc à quel autre interprète j'allais envoyer « J'irai valser ». Je ferme les yeux, imagine cette jeune chanteuse qui a gagné Star Academy il y a deux ans. Elle a une voix extraordinaire. Elle a sûrement une armée autour d'elle œuvrant pour lui créer un nouveau tube… Je feuillette la partie « artistes », tombe par hasard sur le nom de cette chanteuse que j'aime bien avec son style jazzy. Elle n'est plus toute jeune mais elle a une super voix dégage une force et une sensibilité en même temps. Je l'imagine bien chanter « Reste à portée de mon cœur », texte que maman avait écrit en 1965. Je relis les paroles.

Des regrets des doutes et des peurs
Les vagues incessantes de mon âme
Dans un faux-semblant de malheur
Pourquoi est-ce que tu t'acharnes
Au-dessus de ma vie tu planes
Est-ce vraiment une volonté
Et qui décide de ces batailles
Et de ces amours partagés

Reste à portée de mon cœur
Reste à portée de mes pensées
Reste à portée de mon bonheur
Je ne peux que l'imaginer

Mes rêves sont souvent si doux
Malgré mes nuits si agitées
Des rêves éveillés et si fous
Mon inconscient si malmené
Quel Dieu pourrait me dédoubler
Quel Dieu voudrait bien m'accorder
Une autre vie où tu ferais
Partie de ma réalité

Mais reste à portée de mon cœur
Reste à portée de mes pensées
Reste à portée de mon bonheur
Je ne peux que l'imaginer

Quel univers accepterait
Un seul amour qui défierait
Les notions toujours inculquées
Et les histoires si bien cadrées

Et quand tout devient épuisant
Que plus rien n'agit comme avant
Que l'avant, l'après, le pendant
Toujours me laisse indifférente

Reste à portée de mon cœur
Reste à portée de mes pensées
Reste à portée de mon bonheur
Puisque je ne peux que l'imaginer
Reste à portée de mes rêves
Ne m'accorde pas de trêve
Je me fiche d'être épuisée
De seulement nous imaginer

C'était celle que j'aimais le moins. Je la trouvais ringarde, gnangnan. Dans le même temps c'était aussi celle qui me faisait le plus mal au cœur pour ma mère. Pendant combien d'années avait-elle « imaginé » le bonheur au lieu de le vivre ? Pourquoi s'enfermer dans ce carcan des traditions ? Pourquoi n'avait-elle jamais quitté mon père ? Toutes ces questions me torturaient depuis que je savais pour elle et Jean. J'avais souffert des mauvaises relations de mes parents, je crois que c'est pire de me dire qu'elle aurait pu être heureuse avec un autre, qui existait, qui était là, vivant, l'attendant, alors qu'elle allait s'enfoncer petit à petit non seulement dans la monotonie mais dans une souffrance de plus en plus grande au fur et à mesure que les années passaient. Elle avançait vers son tombeau, imperturbable. Malheureuse mais imperturbable. Les meilleures chansons sont toujours des histoires de sentiment. Alors peut-être que quelqu'un allait être sensible à son écriture. Peut-être Lyne Fol. Pas d'adresse mail. Finalement, pensant me donner plus de chances, je photocopie toutes les chansons de ma mère, les mets dans une enveloppe et écris :

Lyne Fol
LBC Management
104 rue Rouget de Lisle
92150 Suresnes

Je feuillette encore, tombe sur plusieurs artistes que j'aime bien, tente le tout pour le tout en envoyant à chaque fois toutes les chansons. J'ai dix enveloppes au final. Je les posterai demain.

Tony pousse la porte, revenant de son entraînement de foot. Il attrape la pile de lettres.

— Ah oui quand même, rien que ça ! dit-il de son air enjoué habituel. Tu mets toutes les chances de ton côté. Il se penche pour m'embrasser.

— Va prendre ta douche Zidane, lui dis-je en riant, tu chlingues.

Il m'embrasse quand même et s'éloigne en riant. Qu'est-ce que j'ai de la chance de l'avoir. Toujours pas d'enfant en perspective. Je commence à me faire une raison. Pas Tony. Je me dis parfois que je devrais le quitter. Il trouverait sans doute une autre femme qui lui ferait un enfant. Je l'entends siffler sous la douche et je souris. Non, vraiment, je n'arriverais pas à me passer de lui.

J'entends Claire Chazal nous dire que Georges Bush s'engageait à traquer les terroristes sans répit dans le monde entier.

10 DÉCEMBRE 2007

Nous sommes lundi et c'est mon jour de repos de la semaine. J'ai changé d'agence immobilière, je travaille à Jonzac, place du château. C'est moins de kilomètres et je peux parfois aller manger avec Papa le midi. St Germain n'est qu'à une dizaine de kilomètres et malgré l'état de la maison, j'aime cet endroit, la demeure de mon enfance, de mes souvenirs, de ma mère. À ma grande surprise, Papa n'a pas refait sa vie. Pas faute d'avoir essayé selon les rumeurs. L'ex-femme de son mécanicien, la veuve du boulanger, l'ancienne secrétaire de mairie… Il semblerait qu'aucune n'ait eu envie de venir habiter une maison limite sordide où les placards de cuisine ne fermaient plus, où le moisi avait gagné les murs, où plus aucune fleur n'égayait le jardin. Déjà sept ans qu'il était à la retraite mais je ne voyais pas de différence. Quand j'arrivais, soit il était sur un tracteur, soit il arrivait des vignes dans lesquelles il allait « donner un coup de main » à l'homme qui maintenant lui affermait. Les mêmes vêtements, les mêmes habitudes, la même voiture, la même tapisserie, le même lit. Ma sœur a tout de même réussi à lui faire changer de matelas. C'est elle qui lui achète des nouveaux slips, des nouvelles chaussettes, des tee-shirts. Le temps ne l'a pas rendu plus bavard mais semble l'avoir un peu adouci. Ses propos sont moins acerbes, moins virulents. Je ne vois toujours pas de fierté dans ses yeux lorsqu'il me regarde, ni même de tendresse. Mais un peu de compassion depuis qu'il sait que je n'arrive pas à tomber enceinte. Surtout après notre séparation avec Tony.

C'était il y a un an. Tony a pris un studio en location, à Cognac. La séparation a été très douloureuse. Un autre deuil en quelque sorte. Heureusement que les textos n'étaient plus payants comme au début des portables, ça nous aurait coûté un bras ! Des milliers de messages, surtout le premier mois. J'ai écouté The Zephir song des Red Hot en boucle. C'était notre chanson à nous. J'ai reregardé *Titanic* parce qu'on était allé le voir ensemble en 97. J'ai dormi avec un vieux tee-shirt qu'il avait oublié dans le bac à linge. J'ai vidé des boîtes de kleenex. Il ne comprenait pas pourquoi je ne voulais pas être assistée médicalement pour avoir un enfant. Nous avions tous les deux passé des examens. Aucun de nous n'était stérile. J'avais fait plusieurs fausses couches. Nous avions vu des psychologues. Des magnétiseurs. Des rebouteux. Des médecins. Des charlatans aussi. J'étais même allée consulter une voyante. Une kinésiologue. Un sophrologue. Un acupuncteur. Un homéopathe. Le bouche à oreille m'avait envoyé voir une femme qui pratiquait l'ARC, analyse et réinformation cellulaire. Cette dernière m'a beaucoup aidée. Il fallait faire son arbre généalogique. Pour cela, mon père avait collaboré et était même enchanté de m'aider. Il aime bien parler du passé, des anciens, de la dureté de leurs vies. Il s'était déplacé dans les différentes mairies pour récolter les dates de naissance et de mort de mes aïeux, aussi bien du côté Rocher que du côté Gendrillon. Il avait toujours su que ma mère avait perdu la sienne à l'âge de onze ans. Mais ce qu'il ne savait pas et moi non plus, c'est qu'elle était décédée un 3 mars. Et j'étais née un 3 mars. Pourquoi ma mère n'avait-elle jamais évoqué cela ? Après une dizaine de séances avec Natacha, la dame qui pratiquait l'ARC, je me sentais plus légère, sans avoir vraiment d'explication rationnelle. Tony me manquait beaucoup. J'avais beau écumer les discothèques dans lesquelles je ne me sentais plus vraiment à ma place il faut le dire, j'avais beau me laisser tourner autour par différents hommes, j'avais beau essayer de trouver en eux quelques qualités que Tony n'avait pas, je n'en trouvais aucun qui lui arrivait à la cheville. Sa gentillesse, son humanité, son amour des autres, son humour, sa voix, son corps, tout me manquait. Mon fil à linge était vide sans ses maillots de foot, sans ses sempiternels pulls camionneurs, sans ses vieux tee-shirts qu'il gardait tant qu'ils n'étaient pas troués. Il n'était pas avec moi pour regarder la sixième saison de Star Academy, je n'entendais plus Téléfoot en fond sonore, même les matchs me manquaient, les soirées foot avec les potes, les canettes de bière et les cartons de pizza qui restaient à traîner et que je rangeais le lendemain matin en ronchonnant.

Finalement, un jour de juin, nous nous étions retrouvés. C'était comme une évidence que nous ne pouvions vivre l'un sans l'autre.

Je n'étais toujours pas enceinte mais nous avions pris le parti de ne plus nous prendre la tête par rapport à ça. Peut-être n'aurons-nous jamais d'enfant, il nous fallait l'accepter.

J'attrape mon manteau pour aller chercher le courrier à la boîte aux lettres, il fait un froid de canard. Une poignée de publicité comme souvent, une lettre à mon nom. Je m'empresse de rentrer. Je ne prends pas le temps d'enlever mon manteau, cette lettre m'intrigue, elle vient de Paris. J'ai beau avoir cessé d'espérer, enfin, j'ai beau me raisonner pour ne plus espérer, une minuscule once d'espérance me revient dès que je vois un courrier méconnu. Des années que j'envoie les chansons de maman. Des années que cela ne donne rien. Au mieux, un e-mail me remerciant mais me faisant comprendre qu'ils n'étaient pas intéressés, au pire rien. Aucune réponse, aucun mail, aucun courrier, aucun retour. Comme si je n'avais rien envoyé, comme s'ils n'avaient rien reçu. Du vide.

Le directeur de cabinet
du Président de la République

Mme Edwige Rocher
Le bourg
17500 Clion

Paris, le 4 décembre 2007

Chère madame,

Madame Clara Brun a bien reçu votre courrier.
Elle m'a confié le soin de vous remercier chaleureusement de votre envoi et de vous assurer qu'elle a pris connaissance avec plaisir de vos textes.

Madame Brun, touchée par votre histoire, vous adresse néanmoins ses vœux pour la réussite de votre démarche.

Je vous prie d'agréer, chère madame, l'expression de mes hommages.

Stéphane Monfret

« L'expression de mes hommages »...Dans les hautes sphères, on utilise mieux que « Veuillez recevoir mes salutations distinguées » ? Je fais une boule de la lettre. Prête à la jeter à la poubelle, je me ravise. Je vais au moins la montrer à Tony. Une lettre de la première dame quand même ! Non pas qu'elle ait une voix extraordinaire mais j'aime bien son style et ce qu'elle chante. Et puis ça me plaît qu'elle assume le fait d'aimer chanter, première dame ou pas. Alors j'avais tenté aussi de lui envoyer les textes de maman. C'est décidé, cette fois-ci je laisse tomber. Plus d'envois, plus de mails, plus de lettres. Les chansons de ma mère demeureront dans un tiroir de mon bureau. Pour toujours. Si je n'ai pas d'enfant, elles finiront dans un sac-poubelle noir, ramassées par des éboueurs ou brûlées dans une déchetterie. J'ai presque envie de pleurer. Je ne t'abandonne pas Maman, c'est le destin, c'est tout. De toute façon tu ne les avais pas écrites pour qu'elles soient connues du grand public. Tu les avais écrites pour toi. Pour lui. Et même lui n'en avait pas connaissance. Elles doivent être comme un trésor enfoui au fin fond de l'océan après le naufrage d'un navire. Tu voulais qu'elles restent secrètes. Maman, je ne serai que la gardienne de ton trésor.

1er avril 2008

Fatiguée de ma journée, je m'affale sur le canapé. Tony me propose un verre de vin.

— Ah ben si on commence à boire dès le mardi, dis-je en pouffant.

— Oui, bon ben, exceptionnellement, soupire-t-il... c'est bien mérité non, dit-il en m'embrassant. On peut peut-être fêter ta vente quand même ?

— Ouais, t'as raison ! Du Côte de Bourg même !

J'avais signé la vente d'une belle maison de ville, presque en face le Coq d'Or, sur cette place du château que j'affectionne tant. À des Anglais bien entendu. À un prix qui allait augmenter mon prochain salaire de manière assez significative, pour une fois ! Alors, Tony a raison, faut fêter ça ! L'immobilier marche bien depuis quelques années dans le secteur. Les Anglais achètent à tout va, faisant grimper les prix, pour le grand bonheur des vendeurs mais au grand désespoir des locaux qui avaient du mal à devenir propriétaire. Après une visite, deux revisites, après m'être renseignée sur un ancien droit de passage dans le jardin qui donne sur la Seugne auprès du notaire, après avoir fait faire des devis pour changer les fenêtres, pour refaire les peintures, pour mettre une cuisine plus moderne, après avoir passé des heures au téléphone avec les anciens propriétaires (en français), puis des heures avec les futurs (en anglais), après leur avoir montré d'autres maisons... ils s'étaient enfin décidés. Même si le compromis de vente était signé, quand on est agent immobilier, on sait que l'on ne crie victoire que lorsque la vente est signée chez le notaire. Comme à chaque fois qu'une vente allait au bout, j'étais soulagée et heureuse de voir que les nouveaux propriétaires étaient ravis.

Alors que nous trinquons, je lui demande s'il était allé à la boîte aux lettres.

— Ah oui, j'ai oublié de te dire du coup. Ma feuille de paie et une lettre pour toi. Tout en parlant, il s'était levé pour aller me chercher ladite lettre et me la tend.

Je ne connais pas l'écriture, rien à l'arrière, je préfère ouvrir plutôt que de chercher à comprendre d'où elle vient en regardant le tampon.

David Aldermann
c/o Polidor-Universal
20 rue St-Jacques
75005 Paris
01 44 26 12 78

À Paris V, le 27 mars 2008,

Madame Rocher,

Mme Clara Brun m'a transmis vos textes, j'espère que vous ne lui en tiendrez pas rigueur. J'ai le plaisir de vous informer qu'un en particulier a retenu mon attention « Qu'importe le temps ». J'ai pris la liberté de le confier à deux compositeurs. Le résultat nous satisfait. Nous aimerions vous rencontrer afin d'établir un contrat concernant les droits d'auteur. N'hésitez pas à me contacter au numéro noté ci-dessus.

Veuillez recevoir, madame, mes plus sincères salutations.

M. Aldermann

Je ne dis rien. Je ne bouge plus. Je relis. Mes yeux ne peuvent se détacher de cette lettre.

— Mon Dieu, enfin, me dis-je… Tu vois Maman, tu vois Maman qu'il ne fallait pas désespérer. Les larmes me montent aux yeux. Tu vois Maman, j'ai réussi. C'était pas pour rien tout ça. Personne ne saura ton amour pour Jean mais il sera célébré quand même, tu vois Maman qu'il y avait un but à tout ça. Maman, Maman, si tu savais comme je suis heureuse.

Tony revient de la cuisine, un torchon sur l'épaule.

— Edwige, qu'est-ce qu'il y a, qu'est-ce qu'il y a ?

Mes larmes l'inquiètent, il ne sait pas encore que ce sont des larmes de joie.

Il s'approche de moi à toute vitesse, je lui tends la lettre. Il lit très vite.

— Putain, j'ai cru que quelqu'un était mort. Edwige c'est génial, dit-il en criant presque, je t'avoue que depuis le temps j'y croyais plus.

Il me force à me lever, je suis encore interloquée, mes jambes flageolent. Tony me soulève, il crie « Wouhou, wouhou, c'est génial Edwige, je suis trop content pour toi ». Je pleure de bonheur, Tony me repose sur le sol, je pose mes mains sur ma bouche, me dis qu'il faut que je prévienne ma sœur, dans le même temps j'ai envie de savourer cet instant un peu plus longtemps, c'est tellement rare ce sentiment d'allégresse, de bonheur ultime. Il faudra aussi que j'appelle Jean pour lui raconter tout cela.

Un éclair me traverse. On est le premier avril.

Je me tiens la tête. Regarde Tony qui ne comprend plus ce qu'il voit dans mes yeux.

— C'est un poisson d'avril. C'est pas toi quand même ?

— Mais t'es folle, jamais j'aurais fait ça.

Oui, je le sais bien. Mais qui alors ? Peu de personnes sont au courant. Notre pote Dido ? Ça se pourrait bien, il fait toujours des blagues. Le con… S'il croit que celle-ci va me faire rire… un coup à s'engueuler oui ! Caroline ? Elle n'aurait pas fait ça quand même ? Parce que malheureusement, Caroline est sortie de ma vie. Sans que je comprenne pourquoi. Elle n'a plus donné de nouvelle, du jour au lendemain. J'ai appelé, appelé, laissé des messages. Un jour elle me répond qu'elle va faire les boutiques avec sa mère. Trois mois qu'on ne s'est pas vues. De colère, je lui réponds « C'est ça, va dépenser ton sale fric de bourge avec ta mère. » Et j'ai raccroché. Je m'en voulais. J'ai essayé d'obtenir des explications. Rien. Elle ne m'a jamais dit pourquoi j'étais passée de meilleure amie à paria. C'est sans doute aussi comme ça qu'on apprend la vie. Parfois, ce que l'on prend pour acquis, pour éternel, s'en va sur la pointe des pieds sans que l'on sache pourquoi. Des gens nous laissent au bord de leur route. J'aurais pourtant tellement voulu qu'elle soit encore à mes côtés, elle aurait envoyé les mails à ma place pour rechercher des artistes. Elle aurait passé des coups de fil, elle était tellement moins réservée que moi, elle avait du bagout, connaissait du monde, n'avait peur de rien, aurait mieux su que moi comment tourner les phrases. Elle me manquait. Sa fantaisie, son humour me manquaient. Je n'avais plus de meilleure amie avec qui partager tout ça. Je fais part de mes pensées à Tony qui est en train de scruter l'enveloppe.

— Tiens chérie, regarde si c'est un poisson d'avril.

1er juillet 2008

Puisque cette fois, c'était officiel, il fallait que j'en parle à Papa. Après-demain, Tony et moi allons à Paris. Un rendez-vous est fixé pour signer un contrat concernant les droits d'auteur de « Qu'importe le temps ». Dans une maison de disques. Pour de vrai. Je n'arrive pas à y croire. J'y croirai quand ce sera fait ! Mais il fallait vraiment que j'en informe Papa. Qu'on en parle. Il a beau avoir dit qu'il ne voulait pas en entendre parler, je ne voulais pas qu'il l'apprenne par quelqu'un d'autre. À un moment donné, ça allait s'ébruiter. Ma sœur et moi n'allions pas cacher qu'une star allait interpréter une chanson écrite par notre mère. Nous en sommes tellement fières. On ne va pas le crier sur les toits mais on va forcément en parler à nos proches. Alors il faut que Papa le sache avant. Ça me mettait la boule au ventre d'en parler avec lui, mais pas le choix. Je lui avais téléphoné pour lui dire que je viendrais manger avec lui.

J'avais mis tous les textes dans une enveloppe. Je lui ai fait glisser, sur la toile cirée de la table de la cuisine. Plus à fleurs mais à carreaux. Ma sœur avait dû l'acheter récemment. C'est le seul élément neuf. Rien n'a changé, tout n'a fait que se dégrader un peu plus. Le jaune des placards semble plus pâle, les couleurs des fleurs de la tapisserie se sont estompées, les fissures du carrelage se sont agrandies. Les portes et les fenêtres en simple vitrage devraient être changées. Il en parle, mais ne fait pas.

— Tiens Papa, c'est les chansons que Maman a écrites. J'ai rendez-vous à Paris après-demain, pour signer un contrat. Quelqu'un de connu va chanter un des textes que Maman a écrits. Tu te rends compte ?

J'avais dit ça calmement, sans enthousiasme devant lui. Lui ne sait pas pour qui elles ont été écrites ces chansons. Ça me mettait mal à l'aise, c'est mon père malgré tout. Il était comme il était, terrien, bourru, taiseux, mais aussi bosseur, courageux et protecteur. Et puis il avait le bénéfice du survivant en somme. Il était là, lui. Ça me faisait mal au cœur pour lui, sans qu'il s'en doute. Il ne sait rien de Jean. Enfin, qu'en sais-je ? Maman lui en a peut-être parlé après tout ? Peut-être qu'il était au courant… Je ne lui avais jamais posé la question. Je n'oserai sans doute jamais. Il y a quelques années, à table, habilement, j'avais amené le sujet sur la famille Chevalier de Pons. Est-ce qu'il connaissait les marchands de vélos à l'époque ? Il n'avait pas sourcillé, répondant mécaniquement comme à son habitude qu'à cette époque il n'avait pas assez d'argent pour changer de vélo. Point final à la discussion. Aucun indice. Une autre fois j'avais parlé de la fromagerie du Mazeau. Papa aimait bien la Vendée, d'où les Rocher étaient originaires. Aucun sourcillement non plus. Nada.

Il se désole qu'il n'y ait pas de « Jeu des Mille euros » en été. Ses cheveux blancs sont trop longs, il ne sait plus chez quelle coiffeuse aller, la sienne a pris sa retraite. Il ouvre l'enveloppe, hésitant, comme si elle allait lui brûler les doigts. Il lit la première feuille, j'avais mis « J'irai valser » en premier. Il parcourt les autres rapidement. Je scrute ses yeux bleu marine qui suivent les lignes. Ais-je vu de la surprise ? Un soupçon peut-être. Je n'ai pas su décrypter l'expression de son visage, immuable comme la plupart du temps.

Il dit seulement :

— C'est bien, ô vous fera un peu de sous à ta sœur et toi.

Je lui demande, quand même, s'il savait que Maman écrivait. Il secoue la tête. En partant, je lui dis « Je t'aime Papa ». C'est la première fois. Il me regarde, surpris ou agacé, je ne saurai jamais. Il grommelle un « Moi aussi ». Je suis partie, les larmes aux yeux, contente de lui avoir dit, triste de ne plus pouvoir le dire à ma mère, frustrée de me dire que je ne saurai jamais si mon père savait ou pas pour Jean, frustrée que ma mère ait vécu ces moments d'écriture sans que son mari le sache alors que c'était une partie d'elle, de sa vie. Mais mon père était là, vivant. Il nous a élevées ma sœur et moi dans une absente présence. Il était là tous les jours. On le voyait tous les jours. Pendant les repas. Pendant qu'il regardait la télé le soir avant d'aller se coucher. Il fallait faire une bise avant d'aller au lit. Seuls contacts dont je me souviens. Il travaillait pour nourrir sa famille et subvenir à nos besoins. C'était pour lui l'essentiel. J'avais été bancale de ce manque de signes affectifs. Mais pour lui, l'amour, c'était que ses enfants mangent à leur faim. Et c'était déjà bien.

Il faut aussi que je prévienne Jean. Je l'appelle dans la soirée, une fois débauchée. Quand je lui apprends qu'une des chansons de maman va être interprétée par une vraie chanteuse (je ne sais pas encore qui), il semble très dubitatif, comme s'il ne me croyait pas. Après tout, il me connaît si peu, il doit se demander s'il n'a pas affaire à une folle ! Je lui explique plus en détail, il semble mieux comprendre, j'entends des « ah oui, ah ben ça alors, ben dis donc ». Il me souhaite bonne chance pour le surlendemain et me fait lui promettre de le tenir au courant de la suite. À la fin de la conversation il paraît tout heureux de cette nouvelle. Ça me fait du bien au moral.

3 juillet 2008

J'ouvre grand les yeux. J'étais déjà venue à Paris mais je n'étais pas passée par la case gare de Montparnasse. Bon sang mais nous ne sommes que jeudi, qu'est-ce qu'ils font tous ces gens dans une gare ? Tu m'étonnes qu'ils nous traitent de provinciaux les Parigots ! Je réalise que si un parisien me regarde à l'instant, il sait de suite que je viens de la cambrousse. Tony, qui lors de ses voyages a déjà eu l'occasion d'y venir, m'attrape la main. De l'autre il tient notre petite valise, nous ne devons passer qu'une nuit à la capitale. Il m'entraîne vers des grands tapis roulants. J'ai vu des escalators bien sûr, qui montent, qui descendent. Mais à plat ? Pourquoi ? Ils sont pas capables de marcher à Paris ? Il avance super vite en plus ce tapis. Une jeune fille trébuche devant moi, je la retiens in extremis. Les minutes passent, je commence à comprendre. Les bagages de certaines familles me donnent l'impression qu'ils ont déménagé leur maison. Mais comment vont-ils faire à la fin du tapis. Parce qu'il a bien une fin ce tapis ?

Nous prenons le métro, moins cher qu'un taxi. Grande première pour moi. Heureusement que Tony s'y connaît un peu. Il cherche sur le plan, opte pour la ligne 6. Je ne suis pas à l'aise en sous-sol, je n'aime pas la lumière artificielle, j'ai l'impression d'être un rat. Toutes les populations sont mélangées, les jeunes vieux riches pauvres. Tony me dit qu'en juillet il y a moins de monde. Il y en a bien assez pour moi. Je ne suis pas rassurée, on entend tellement de choses de notre province qu'on a l'impression que Paris c'est la jungle. Ne nous plaignons pas nous avons des places assises. Edgar Quinet, Raspail,

Denfert-Rochereau, St-Jacques. Tony me dit que nous devons descendre ici. Finalement ça a été rapide et une dame m'a fait un sourire. Je vais arrêter de croire tout ce qu'on nous dit sur la vie parisienne. Je suis quand même soulagée lorsque nous rejoignons le grand air. Grand air… c'est assez relatif! L'odeur de la pollution me prend le nez. Nous marchons, je fais confiance à Tony et en profite pour regarder autour de moi. Des grandes bâtisses Haussmanniennes qui nous font sentir petits, une circulation dense. Tony s'arrête devant un bâtiment d'au moins quatre étages. Une façade toute propre. Une plaque avec le nom de la maison de disques nous confirme que nous sommes bien au bon endroit.

— C'est là.

Il pousse la porte vitrée et me laisse passer.

Le hall d'entrée est moins impressionnant que je pensais. Assez petit même. Du parquet blanc au sol, des murs noirs et blancs. Les portes d'un ascenseur. Juste un immense disque vinyle en plastique orange apporte une touche de couleurs. Le nom de la maison de disques est écrit en orange également, juste au-dessus de la tête d'une secrétaire ou standardiste. Je m'avance vers elle, la salue.

— Vous avez rendez-vous ? demande-t-elle d'une voix nasillarde.

Ma première impression est que cette fille aurait pu défiler pour Dior ou Chanel mais son air antipathique me fait me dire qu'il y a une justice !

— Oui, bonjour. Mais pourquoi est-ce que je redis bonjour, elle n'a pas répondu la première fois, faut pas que je croie qu'elle va répondre à la deuxième.

— Avec M. Aldermann David.

— Un instant je le préviens. Vous êtes ?

— Mme Rocher Edwige… et son ami, dis-je en montrant Tony qui s'était déjà assis et feuilletait des revues posées sur une petite table en verre.

— Asseyez-vous, je vous indiquerai quand monter.

— Oui mon capitaine, ai-je envie de lui répondre en me mettant au garde à vous. Bien entendu je n'en fais rien, c'est peut-être la maîtresse d'Aldermann, va savoir…

Je m'assois à côté de Tony, déjà absorbé par un article de *Géo magazine* sur le Sénégal. Je sais que ce n'est pas la peine que je lui parle avant qu'il ait fini de lire. Tout l'intéresse. Il a une culture générale impressionnante. Je ne veux plus jouer avec lui au Trivial Poursuit il gagne tout le temps, ça m'énerve. J'attrape mon portable et regarde mon compte Facebook.

Quinze minutes passent. Puis encore quinze. Quinze autres encore. J'avais regardé toutes les publications de mes amis depuis la création de leurs comptes ! J'avais observé les cheveux blonds et lissés à la perfection de la standardiste, son rouge à lèvres orangé, ses grands ongles manucurés et avais écouté toutes ses conversations, pas toutes professionnelles d'ailleurs. J'avais envie de lui dire que de se tourner d'un quart de tour n'empêchait personne de l'entendre. La bêtasse ! Deux autres personnes étaient arrivées après nous et étaient montées seulement dix minutes après. Ils étaient plus bruyants que nous. Un des deux gars parlait fort, évoquant des noms connus, racontant à l'autre sa dernière soirée aux Bains, que ce n'était plus ce que c'était, que des rumeurs disaient que ça allait fermer prochainement, que ce ne serait plus possible de recréer un tel endroit à Paris. Qu'il aimait bien aller au Crystal maintenant et Au Baron aussi, il y avait du beau monde à ce que je comprends mais aucun des noms cités ne me dit quelque chose. Je dois être à côté de la plaque.

Tony avait repéré la fontaine à eau et est allé me chercher un verre d'eau. Je n'ai pas soif mais devant son air vindicatif je l'ai bu sans sourciller. Il s'est remis à sa lecture aussi sec.

J'ai eu le temps de repenser à mon père lorsque je lui ai donné les chansons de Maman, à son absence de réaction. Les avait-il toutes lues une fois que j'ai été partie ? Où les a-t-il rangées ? Puis j'ai repensé à Jean, enthousiaste et heureux pour moi.

Cinquante minutes d'attente. La blonde nous interpelle.

— Mme Rocher. Vous pouvez monter. Deuxième bureau à droite troisième étage.

Tony pose le *Géo magazine* qu'il a eu le temps de lire en entier, l'ascenseur nous emmène au troisième. Un long couloir, les murs peints en orange, les encadrements de porte en noir alors que les portes sont d'un blanc immaculé. Le même sol blanc que dans le hall d'entrée. Ni froid ni trop chaleureux. Le nom de M. Aldermann était affiché sur une petite plaque métallique dorée avec des notes de musique gravées. La classe. Je frappe. La tension monte d'un cran. Je l'ai eu au téléphone pourtant. Le contrat est établi. Au début, j'ai eu peur de me faire arnaquer. Il a vite compris que je ne connaissais strictement rien à ce milieu. J'ai fait des recherches sur internet, j'ai contacté une avocate spécialisée, j'ai payé cent quarante euros pour une consultation téléphonique. Bon, la nana était très professionnelle, je pense avoir été bien conseillée. Il a fallu voir un notaire, mon père ayant abandonné ses droits sur ces textes. Et puis la loi c'est la loi. Trente-trois pour cent pour l'auteur, trente-trois pour cent pour le compositeur, trente-trois pour cent pour l'interprète. Aussi simple que cela ? Et bien oui. Je m'attendais à une proposition plus basse, j'avais la certitude qu'il allait essayer de baisser mon pourcentage. Même pas. Où donc était l'arnaque alors ?

M. Aldermann vient nous ouvrir la porte. À sa voix, lors de nos trois échanges téléphoniques, j'avais parié sur un homme aux environs de la quarantaine, plutôt brun, de corpulence assez forte. Comme quoi il ne faut pas se fier à la voix : un blondinet tout gringalet, un tee-shirt noir avec écrit JPG en gros. Je ne connais pas cette marque. Un pantalon clair, des baskets grises. Des lunettes à la monture bleue comme ses yeux.

— Entrez, entrez, pardonnez-moi pour l'attente, j'ai eu un petit problème à régler. Installez-vous je vous en prie.

Tony et moi prenons place sur deux chaises face à son énorme bureau. Des vinyles sont accrochés un peu partout dans la pièce. Un mur bleu, un mur orange, deux murs blancs. Je me dis que chaque collaborateur doit avoir le droit à sa déco personnelle quand il arrive. Un peu comme chaque nouveau président à l'Élysée. Quelques photos de lui posant joyeusement avec des stars de la chanson m'impressionnent.

Après quelques politesses d'usage, (avez-vous fait bon voyage ? Comment êtes-vous venus ? Ah oui le TGV Poitiers Paris deux heures trente c'est top. Le métro, toujours bondé je ne le prends plus c'est une horreur), M. Aldermann pousse vers moi un contrat. LE contrat. Je l'ai déjà lu puisqu'il m'avait envoyé un projet par internet. Mais il fallait une entrevue. Une signature authentique. Ma sœur avait fait une procuration. Elle aurait adoré venir, malheureusement elle n'avait pas pu obtenir sa journée auprès de son employeur.

Je relis les termes du contrat à toute vitesse. « Contrat entre les soussignés blablabla, autorise le cessionnaire à exploiter ses œuvres blablabla, il est rappelé que cette durée de validité s'étend sur une période de 70 ans après son décès blablabla, la rémunération sera proportionnelle aux recettes tirées de l'exploitation de l'œuvre blablabla, selon l'article L.131 du code de la propriété intellectuelle blablabla… » Tony lit en même temps que moi, relève une faute de frappe que M. Aldermann fait corriger de suite à son assistante sans doute dans le bureau d'à côté. À peine une minute et une jeune femme apporte la feuille corrigée.

— Voilà, je pense que tout est OK, si tout est bon pour vous.

Il regarde sa montre, sans doute pour nous faire comprendre qu'il n'a pas que ça à faire.

Merde, la chanson attend depuis 1983 au fin fond d'un vieux secrétaire. Je l'ai trouvée en 1993. Je l'ai envoyée à trente personnes depuis quatre ans. Quatre ans. Alors il peut bien attendre dix minutes ? Que je savoure cet instant. Je suis à Paris. Dans une maison de disques putain. Moi Edwige Rocher de St-Germain de Vibrac. Pour qu'une chanteuse puisse interpréter une chanson écrite par ma mère. MA mère. Alors il va me laisser savourer ce con. Je fais mine de ne pas comprendre un détail… qu'il me réexplique. Il me tend son stylo Montblanc. Ah oui, ça écrit bien tout de même ! Il va s'en apercevoir si je le mets dans ma poche ? Il le reprend, signe également, rappelle son assistante pour qu'elle fasse une copie que j'emporterai.

— Et bien voilà. J'espère que la version qu'Olivia va faire de cette chanson vous plaira. Nous pensons que ce sera le deuxième titre phare de son album. Il devrait sortir pour le 10 novembre si tout se passe comme prévu.

— Olivia… Olivia Reyes ? C'est elle qui va interpréter « Qu'importe le temps » ? demandais-je avec stupéfaction ? J'adore cette chanteuse. Originale mais semblant en même temps comme madame tout le monde. Elle avait un petit accent du sud quand elle parlait qui ne s'entendait plus du tout quand elle chantait. J'avais acheté son premier album. J'avais bien aimé ses sonorités espagnoles, du violon, de l'accordéon, la musique très éclectique, aucune chanson qui se ressemble, ce que j'avais trouvé très surprenant.

— Oui, la très prometteuse Olivia. Une perle. Une voix qui charme, qui envoûte même, je dirais…

Ah, il a le béguin lui. Mince, j'aurais juré qu'il était homo. Tony me rappellera ce soir, lorsqu'on discutera de cette journée la tête sur nos oreillers, que certaines personnes aiment les deux et aussi qu'il ne faut pas se fier aux apparences. Il aurait pu être le Dalaï-Lama.

— Ah, rajoute-t-il, je ne veux pas vous donner trop d'espoir, mais Olivia a beaucoup aimé aussi les paroles de « J'irai valser », alors, c'est trop tard pour son prochain album, mais peut-être pour celui d'après. Bien entendu, si tel est le cas, je vous contacterai. Au revoir.

Il croise ses doigts, nous regarde avec un sourire d'encouragement et ferme la porte.

Je reste immobile devant la porte pendant quelques secondes, n'en revenant pas de ce qu'il venait de me dire. Finalement, Tony me prend par l'épaule.

— Faut y aller Edwige maintenant, faut que je prenne l'air j'en peux plus !

Une fois sortis de l'immeuble, après m'être donnée un malin plaisir à claironner un insistant « au revoir » à la blondasse en la regardant droit dans les yeux, je ne peux m'empêcher de crier de joie, sautant au cou de Tony. J'appelle ma sœur pour l'informer que tout s'était bien passé et qu'en plus, l'aventure allait peut-être continuer. Elle est folle de joie aussi mais ne peut pas trop parler parce qu'elle est au boulot.

— Allez viens, on va boire un jus d'orange, il te faut des vitamines, me dit Tony.

Il est encore plus aux petits soins depuis que je suis enceinte.

12-13 novembre 2008

J + 3. Elle ne veut pas sortir cette petite princesse, elle doit être bien dans le ventre de sa maman. C'est ce qu'ils m'ont dit à la maternité de Saintes ce matin. C'est aussi ce qu'ils ont dit hier matin et avant-hier matin. Trois allers-retours pour rien. Mais là, à vingt-deux heures vingt-huit, je monte péniblement dans notre voiture. Les contractions se rapprochent. Presque deux heures que je tourne autour de la table du salon en inspirant, expirant… Mes affaires sont prêtes depuis longtemps. J'ai dû les vérifier quinze fois et idem pour Tony.

D'ordinaire très calme, je sens qu'il commence à paniquer, cale deux fois, manque de reculer dans la murette, remonte ses lunettes sur son nez comme s'il était pris d'un TOC. Tellement longtemps qu'on attend ce moment. Tellement d'illusions, de désillusions, d'espoir réduit à néant plusieurs fois, nous laissant dans un vide et une tristesse immense. Des jours de silence. Continuer le quotidien quand même. Essuyer les larmes. Remonter la pente à chaque fois. Retrouver ses amis à des soirées pour oublier. Se réjouir pour ceux qui ont des enfants. Les écouter se plaindre des nuits courtes. Reboire du vin. Supporter la compassion de la famille, leurs regards empreints de résignation. Huit ans de vie commune. À être heureux certes. Mais un manque. Comme un échec. Qui n'en était pas un mais vécu comme tel.

Cette fois le col commence à être dilaté. Il faut encore attendre. Installée dans une salle de travail, une sage-femme et une infirmière circulent autour de moi et vont de salle en salle. Nous sommes quatre à accoucher en même temps. Mon col ne s'ouvre plus, une piqûre pour que ça s'accélère plus une péridurale. Les contractions se sont stoppées, la sage-femme appelle le gynécologue, ne comprend pas pourquoi. Le contraire de ce qui était prévu. J'essaie de ne pas céder à l'inquiétude, de ne pas penser à du négatif. Non non non, tout va bien se passer. Je me laisse envahir par les larmes. J'aurais tellement voulu que tu sois là, Maman, pour moi, pour mon enfant, pour toi, pour voir ta joie. Je somnole. Une infirmière a montré à Tony la chambre qui me serait attribuée pour qu'il aille s'y reposer. Il est déjà six heures du matin et le bébé n'a toujours pas l'air décidé à venir voir le monde. Est-ce normal ? Le personnel de l'hôpital se veut rassurant. Je repense à une ancienne collègue lors d'une saison dans une grande surface, qui, à la pause déjeuner m'avait raconté son accouchement : trente-deux heures ça avait duré… Je devais avoir vingt ans à l'époque. Elle m'avait coupé l'appétit.

La péridurale semble avoir fait effet sur seulement une moitié de mon bas du corps. J'ai des sensations à droite mais pas à gauche. L'aide-soignante vient toutes les demi-heures constater la progression ou non progression de l'ouverture de mon col. Il est dix heures trente.

— Bon cette fois on va y aller madame !

— Mon ami, il n'est pas là, il faut aller le chercher.

La douleur se fait plus pressante cette fois.

— Poussez madame, poussez.

Putain Tony, t'es où ?

Il arrive enfin. L'aide-soignante ne le trouvait pas, il n'était pas dans la bonne chambre. J'arrive à sourire. Il doit vraiment être perturbé pour s'être trompé.

— Je suis là ma chérie, je suis là. Il me prend la main.

Dix heures cinquante-neuf. La sage-femme pose cette petite merveille sur mon ventre. Je la prends délicatement, l'amène à mon cou. Le papa ne la quitte pas des yeux. J'ai envie de rire malgré l'épuisement : il a un air de Droopy ! Un grand gaillard avec un air de chien battu et de poupée de chiffon ! Même sa voix ne semble plus être la même, comme s'il avait peur que sa voix masculine fasse peur à sa fille ! Ses yeux verts la contemplent comme si c'était la huitième merveille du monde. Mais elle est notre première merveille du monde !

— Qu'est-ce j'écris comme prénom sur son bracelet ? demande l'infirmière.

— Jane, elle s'appelle Jane.

Tony et moi nous esclaffons, nous l'avons dit en même temps. Jane comme Jeanne mais prononcé à l'anglaise, pour faire plaisir à son papa. Nous étions tombés d'accord très vite. Comme une évidence.

Après toutes les vérifications nécessaires on m'emmène dans ma chambre. Tony s'est éclipsé. Je me dis qu'il doit passer une multitude de coups de téléphone pour prévenir tout le monde. Trente minutes se passent, je me dis qu'il exagère tout de même. Je m'assoupis malgré tout, Jane dans le couffin tout près de moi.

Tony entre comme une furie, me sort de mon demi-sommeil.

— Bon sang, mais doucement enfin, tu vas la réveiller.

— Regarde, regarde ce que je te rapporte dit-il avec son meilleur sourire, celui qui se voit aussi bien sur sa bouche que dans ses yeux. Droopy a déjà disparu !

Tony me tend un CD. La couverture représente Olivia Reyes en arrière-plan, comme dessinée à l'aquarelle, sur un fond rouille, un violon noir en décor dans des herbes folles.

— Il est sorti quand ?

— Hier, je t'avais rien dit, on avait autre chose à penser. Je viens d'aller l'acheter du coup, j'ai fait le plus vite que j'ai pu, je crois que je me suis fait flasher d'ailleurs, pas grave.

Je contemple le CD, le retourne. Quatrième chanson : *Qu'importe le temps*. J'ai du mal à réaliser.

— Mais c'est trop nul, je peux pas l'écouter…

— C'est mal connaître ton homme ma beauté…

Je n'avais pas remarqué que Tony avait un sac à dos. Il en sort un poste de radio-CD.

— Non mais t'es incroyable !

— T'as du bol, il était dans le coffre de la voiture, je m'en étais servi avec mes élèves.

Il le branche, cherche de suite la chanson 4.

— Mets pas trop fort ça va réveiller Jane.

Direct les paroles sans intro de musique. La mélodie est douce, le rythme d'une valse lente, un violon démarre sur le refrain ; au troisième couplet, Olivia Reyes donne plus de voix. Ça va crescendo, elle donne de plus en plus de puissance puis chuchote presque « nous approcherons la lune et nous ferons demi-tour la lune n'aime pas l'amour ». Elle repart de plus belle avec sa voix puissante pour le dernier refrain, des choristes le reprennent, j'en ai des frissons.

— Wah… wah wah wah…

Trop d'émotions dans la même journée. Je me mets à pleurer toutes les larmes de mon corps. Tony se demande s'il a eu raison de faire écouter ça aujourd'hui, la journée nous avait déjà donné le plus beau des cadeaux.

Jane se réveille, serre ses petits poings. Je la prends dans mes bras, calme mes sanglots. Je demande à Tony de remettre la chanson, tout bas.

— Tu entends ma chérie. C'est la chanson de mamie. Ce n'est sûrement pas la finalité qu'elle avait imaginé de son histoire d'amour… mais tu vois, dans la vie, tous les rêves sont permis. Il faudra persévérer, être optimiste, toujours y croire, ne jamais rien lâcher. On sera là pour t'aider, te guider, on fera tout pour toi, tout ce qui sera en notre pouvoir. Si toi aussi tu as une âme d'artiste, ne te cache pas derrière une autre vie, mais toi, tu n'auras pas besoin de te cacher. Tu feras ce que tu aimes.

Tony s'assoit près de moi, touche la petite main de Jane. Nous la contemplons, heureux, comblés, calmes, silencieux, profitant juste de ce merveilleux moment de notre vie que nous avons tellement attendu. C'est vrai Maman, qu'importe le temps, le temps qu'on met à obtenir ce que l'on veut, le temps que ça prend d'atteindre nos objectifs, qu'importe le temps.

Remerciements

Un grand merci à ma maman pour ses précieux souvenirs d'une époque révolue. Merci à mon conjoint et à mon fils d'avoir été à mon écoute et d'être mes premiers supporters. Merci à Fabiola, Cécile, Charline, Nath, Gaëlle, mes premières lectrices, merci pour vos conseils et encouragements. Merci à mon père, d'avoir écouté le « Jeu des mille francs » et de m'avoir donné goût à la culture. Merci à mes amis formidables qui ont suivi de près cette aventure. Merci aux éditions Baudelaire qui ont cru en mon livre et m'ont donné l'incroyable opportunité d'être éditée.

Imprimé en France
ISBN 979-10-203-5695-6
Dépôt légal : 1er trimestre 2023